U0540794

一頁 folio

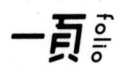

始于一页，抵达世界

陈思安 著

体内
火焰

当代世界出版社
THE CONTEMPORARY WORLD PRESS

目录 contents

线 头 [03]
生命被死亡用力托起的时刻 [09]
无关紧要的美好 [13]
挥发掉的记忆 [17]
饥 荒 [21]
我 们 [26]
我的全家 [31]
《宇宙收纳手册》撰稿人 [34]
嘴 皮 [40]
同一条河流 [41]
对 称 [44]
异 能 [47]
沉 溺 [51]

倒着走路的丢丢 [55]
蜗牛建筑之梦 [59]
宿 命 [65]
痕 迹 [69]
KK [71]
怪奇幼儿园 [76]
碎 片 [80]
一滴水的味道 [83]
倒驰列车 [88]

Part One
体内火焰

就想做坏事儿的人 [93]

一百万个细节 [101]

管道间里的爱人 [104]

工科的浪漫 [109]

万物联系学 [115]

门镜观察家 [117]

收 房 [123]

创 作 [129]

残酷的爱（一）[130]

残酷的爱（二）[133]

残酷的爱（三）[137]

××品鉴大师 [141]

原 罪 [146]

感情为什么不能图表化？[149]

"永恒" [155]

庭 审 [161]

实 验 [168]

榴 莲 [173]

一朝得解 [180]

独自吃饭的女人 [182]

无意义电台 [187]

基因的光辉 [192]

有儿有女 [196]

性本善 [201]

不完整先生 [205]

梦行者 [210]

Rooted, Flow [218]

Part Two
鹦的腹语术

首　演 229

扮　演 234

纸上导演 238

发疯的火星 240

演后谈艺术家 245

"标准化" 251

无关的世界 257

境界的难题 261

捍　卫 266

Part Three
口技表演者

Part One

体内火焰

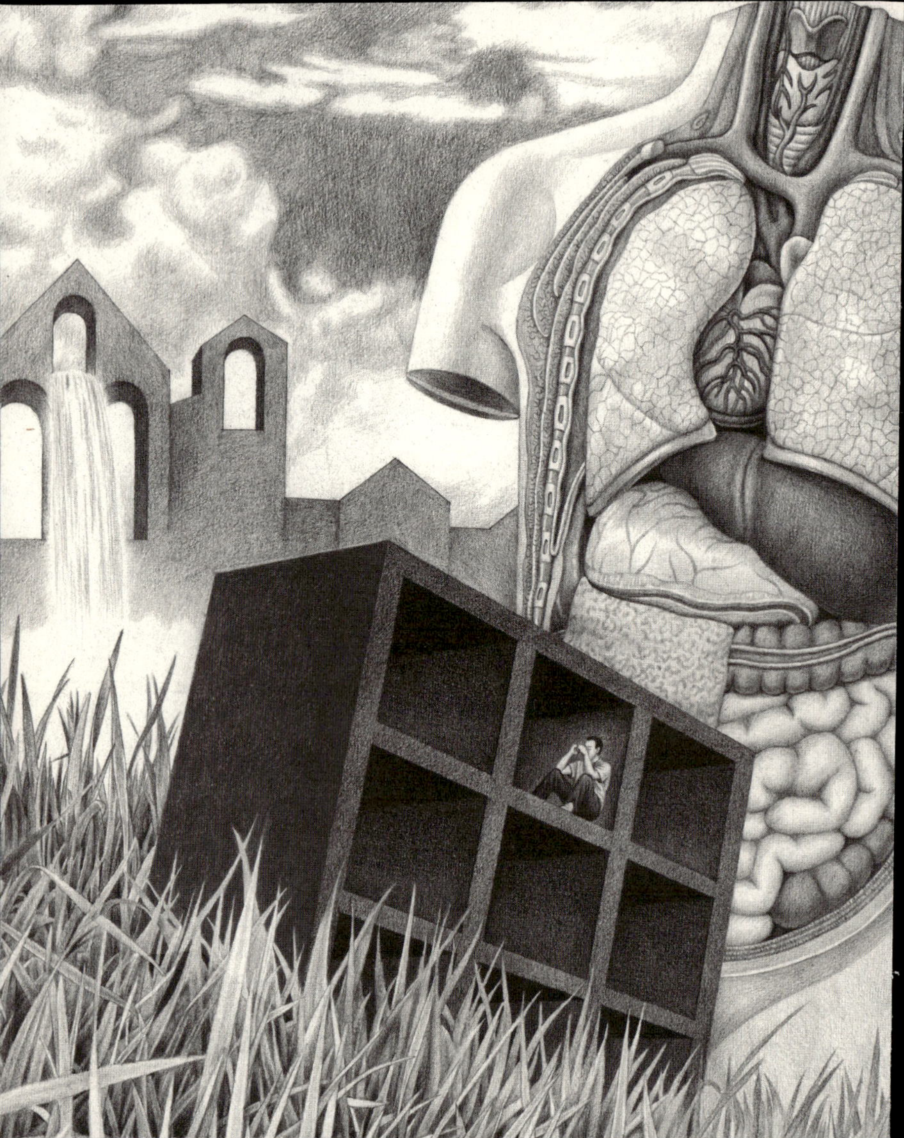

线　头

三个月前，她发现自己右侧腋下那颗已经长在那里二十几年的痦子上，冒出来一根线头。这颗痦子打她记事起就一直长在那里，小时候她还给这颗痦子起过名字，经常跟它一起做游戏。比起其他小朋友那些只存在于他们自己脑子里的"看不见的朋友"，她觉得自己跟腋下的痦子做朋友已经算是非常健康了。她对这颗痦子的熟悉程度远远大过于身边不定期置换的男友和其他所有人类朋友。这颗痦子上从来没有长过线头。

那根线头又白又细，不仔细看绝对看不清晰。线头自圆形痦子的正中央冒出来，大概有半厘米那么长。尽管细，但摸起来硬度还挺高，甚至有点刺手。怎么会无缘无故就长出根线头来呢？痦子朋友到底是有什么心情想向自己表达呢？线头那边儿，是拴着什么东西呢？

她忍了一个礼拜，终于忍不住了。她把自己关在房间里（就像小时候把自己关起来跟痦子朋友一起单独做游戏时一样），拉住了那根线头。她小心翼翼地用食指和大拇指捏着那根线头，向外扯了一下。线头异常坚韧，完全没有要断开的意思。被扯出来的线有十几厘米长了，看起来还远远没有完事儿。线的颜色也随着扯出来的长度发生着变化，从白色，到红色，到乳白色，再到白色，周而复始。

她拉着线头，一边向外扯着更多的线，一边感觉自己的右胳膊里翻滚着抽筋剥骨般的痛感。那种随着自己的拉扯动作一点一点震荡着的痛感，让她产生了某种怪异的激情。她简直停不下来。扯啊,扯啊,扯啊,扯啊。一晚上的时间,她就把自己从腋下到右肩的肉和脂肪都扯成线抽光了。脚下的地板上摊着一大团渐变色的坚韧乱线。这些线可以用来干吗呢?她发起愁来。用来织衣服的话,未免有点太费工了,这线实在好细。那可以用来干吗呢?她决定不着急,慢慢想。

伪装不是一件非常困难的事情。像她这样的女人,伪装几乎是一种天性,不需要别人特意来教。宽松款式的衣服、发泡棉、手套、稍重一些的妆容,信手拈来。每日照常上班,坐在工位上跟同事们谈笑风生,下班跟朋友们走进饭店酒吧里痛快吃喝。没有任何人能察觉到任何异样。毕竟,她可是跟自己的痦子做过多年好朋友的人。如今这点小事又算得上什么。

唯一算得上不方便的,也就是她不得不走到哪儿都得背着一个跟自己身材比例不搭配的硕大的手提包。包包总是很不雅致地鼓鼓囊囊的。闺密已经说了她好几次了,没有人会把包包塞得那么鼓,你又不是个扛包赶火车的农民工。她总是笑着打马虎眼糊弄过去。包包里面塞满了她扯下来的线头,不随身带着,难道要它们拖在地上吗,多不讲究呢。

偶尔冷静下来时她会想,怎么就是克制不住想要去扯那根线头的欲望呢?那欲望竟然大过自己能产生的,甚至大过自己能想象的,任何欲望。非得把自己搞成个只剩下一副骨头架子的状况才肯罢手吗?自己到底是出了什么问题?怎么没有人来阻止一下自己?想这些问题,想到头都痛了。然后又条件反射般地把左手伸向右侧腋下,扯了起来。扯啊扯啊扯啊扯啊,一切问题都消失了。随着身体一点一点地被抽空,那些困惑和疑虑也都一并抽空了。真的好舒服。

她身上的血肉日渐减少，每日提着的，从硕大的手提袋，逐渐变成更不体面的宽阔双肩包，然后是登山包。吃再多的饭食，长肉的速度也赶不上她扯出线来的速度。夜晚她骨头硌着皮肤躺在再软绵也嫌硬的床上，会不时被一种恐惧攥住：难道自己就是想要看看被完全抽空了以后会发生什么吗？

现在全身上下，只剩下脸上的肉了。她每日全副武装，大风衣，宽腿裤，高筒靴，白手套，大围巾一直围到下巴上。伪装正在接近失效。不管她走到哪里，都会引起人们的格外注意。公司里的长舌妇和毒舌男们三三两两聚在一起，替她编织各种背景故事。她索性去经理那里请了长假。经理一口答应下来，如释重负地，只说这样一来年终奖要打些折扣了。她笑了笑，没能成功伪装出自己很在意的样子。

回到家后，丢下重得跟灌了铅似的登山包，对着家里的穿衣镜，她畅快淋漓地大扯特扯了一通。好久没有扯得这么爽了，之前一段没做好决定的时间里她不得不降低扯线的速度和频率。她看着镜子里的自己，脸上像发生了极其缓慢的地震一样，逐渐裂开，崩塌，凹陷。

终于。线扯完了。

她反复拉动线头，另一端都没法再多扯出来一丁点了。她深深地吸了一口气，两只手一起抓紧线，用尽身体里最后一丝气力，狠命地一扯。强烈的惯性加上没有肌肉支撑作为缓冲，让她一下子向身后堆了满地的线堆上倒去。她挣扎着坐起身，看着自己手里紧攥着的最后一截线头。

痞子先生端坐在那最后一截线头的末端。吊在线上左右摇晃的样子仿佛在对着她笑。还真是一段漫长的告别呢，痞子先生。她也回给了对方一个笑容。

生命被死亡用力托起的时刻

生活在大陆深处那片荒原地带中的居民,他们每个人一生中都会死去三次。

第一次死亡是在他们出生当天。青紫的婴儿以强有力的啼哭宣告自己带有死亡气息的降生后,旋即沉入绝对的安静,使产房凝为死寂。婴儿的呼吸停止,心脏也不再跳动,周身的皮肤由青紫向黑色逐渐过渡,仿佛一幅迅速且过度风干的油画。

医生们不会呼天抢地地给婴儿做心肺复苏企图抢救,他们只是用干净的巾被将黑色的婴儿轻轻包起,交到父母手中。婴儿在父母温热的怀抱里身体一点点惛醒，嫩粉色缓缓掺入黑色的皮肤中，如兑入其他颜色的颜料，呼吸也在某个灵光般的时刻重返他们微弱的身体，生命于是再次降临。死亡自此成为他们最亲密的朋友，由出生之日起便盘旋在他们的身旁，与他们相伴的时间比父母亲人更加长久。

　　第二次死亡是在他们人生的中段。这个中段，不是一个大概的数字，而是将他们一生所有被称为"活着"的时间除以二，一秒也不多，一秒也不少。对于这里的居民来说，死亡并不令人恐惧，他们早就跟死亡朋友般地相处。然而在三次死亡中，如果说有一次是令人伤感的，那么就是这第二次死亡。因为在那一个时刻，他们将清楚地得知自己还有多少剩余的时间属于这个世界。

　　这第二次死亡的到来没有任何预兆，他们有可能正在做着任何事。也许是婚礼时正站在被所有人祝福的舞台上，也许在地里插秧，也许卧在爱人缱绻的臂弯里，也许恰好怀里正抱着从死亡中渐渐复苏回来的刚刚出生的孩子。

与他们出生时遭遇到的第一次死亡的情形类似，没有人包括他们自己会在经历第二次死亡时痛苦万分涕泪横流。最多，只是有一些伤感。他们会从自己死去时倒在的地上迅速爬起来，努力在已经确知的余下时间里认真生活。有人会从第二次死亡后复苏的第一时间查看钟表上的指针，以保证自己能够完全掌握余生点滴的流逝。也有人完全不去在意时刻，甚至故意用力忘记第二次死亡的时间，好去享受一个仍然不确定的未来。

有时一个婴儿在清晨出生迎来第一次死亡，中午却会第二次死去，人们于是用整个下午为它准备丧葬用品及遗奠，因为它将在晚上迎来第三次死亡。这第三次的死亡，是真正的死亡。彻底地死去。呼吸不会再如灵光般返回，血液不会重新汩汩流动，也不会再有粉红色如颜料般掺进黑色的皮肤中。

这里的人们不会因为过早的夭折而哭泣，也不会为了长寿而开怀。如果家中有三个人，在每日餐饮时则摆有四副碗筷。多出来的那一副，是留给死亡的。死亡是他们家中的成员，迎来不必庆祝，送走也不感伤。

在这三次死亡之中，伴随着出生而到来的那第一次死亡，是令每个人都略感欣喜的。因为他们确定了，那是生命被死亡用力托起的时刻。

无关紧要的美好

世界上有没有从不会被人讨厌,从不会被惩罚,也从不会被绳之以法的偷盗者呢?她认为自己就是这样一个神偷,因为她从不会偷取任何贵重的物品或是钱财,她只偷走那些对别人来说特别无关紧要的东西。比如,一小段雨后的彩虹,几声飞到半空跑调的歌声,空气中潮湿的青草味道,某个小孩子眼里偶尔闪过的亮光,被人打出来快要消散掉的哈欠……

多年以来,神偷小姐成功偷走了许多类似这样的小东西,那些对别人来说无关紧要的小美好,而她从未引起他人特别的注意。因为被偷的那些人,都根本意识不到自己少了什么。又有谁会去介意自己都意识不到的失去呢?自然,她也就从来不会被人讨厌,不会受到任何惩罚。

她用这些偷来的东西装点起自己的家。一节又一节小彩虹用金线缀在屋顶,把整个屋子映射出七色流彩;人们眼中的闪光密封在玻璃杯内吊在灯架上,如同夜空里微弱的小恒星;厨房中制作喷香面包的调料瓶里,装着新鲜的青草味和稀有的昙花香;各种零散偷来的歌声被小心拆开做成铃铛,风一吹便发出阵阵脆响……

事实上神偷小姐对自己的生活感到满意。这些四处偷来的无关紧要的美好把她的生活装点得多彩绚丽,甚至让她忘记了孤独和烦恼。直到有一天,她在不经意间偷走了那块阴影。那是一块边缘稍显混乱但整体呈现出狐狸形状的阴影。她在炎热的日头下路过那片阴影,瞬间就被它给迷住了。

那块小小的阴影是被它旁边的杨树遮出来的,当太阳行进到杨树的正上方,那块狐狸形状的阴影便安安静静地伏在杨树脚下了。太阳向前走一步,狐狸的尾巴也向前伸一点,太阳再向前走一步,狐狸的尾巴就再向前伸一点。她太喜欢这块阴影了,暗自盘算着可以用它来织一条灰茸茸的小地毯,大小刚好可以铺满家里的客厅。于是她马上将阴影偷走了,兴奋的她甚至没有留意到那块阴影里正坐着一个可爱的五岁小女孩。

神偷小姐卷起这块即将成为自己地毯的阴影还没走出两步,就听到身后响亮如警铃的哇哇哇哭声,吓得她马上停住脚回过头去。杨树下坐着的小女孩哭得那么伤心,不管她的爸爸怎样用糖果逗弄也无法停止下来。

"我最喜欢的树荫不见了!"小女孩边哭边喊着。"不哭了不哭了,爸爸带你去另一棵树下找块新的树荫好不好?""不好!我只喜欢这块树荫,它是最好的,它是一只陪我做游戏的小狐狸。"女孩也许正在换牙,嘴里咕哝咕哝的口齿不清,但神偷小姐却把每个字都听清了。

原来这些无关紧要的美好,不是每个人都不在意的。神偷小姐赶紧把胳膊下夹着的阴影铺回到了杨树下面,灰茸茸的阴影沿着树根攀回到地面,又柔柔地盖住了小女孩的身体。小女孩停止了哭泣,脸上挂着长长的鼻涕笑起来。

"阿姨会变魔术!阿姨会变魔术!"小女孩鼓着掌在狐狸树荫里跳起来。神偷小姐温柔地笑着陪小女孩在树荫下玩耍起来。小女孩身上有太多她喜欢的东西:奶香的气息,柳条般脆嫩的嗓音,柔顺的发丝间流动着的微小电流,眼睛里彗星般灼亮的光芒,小手拍掌蹦出的汗液。可是她一样也没有偷走。

挥发掉的记忆

不知从何时开始，人们的记忆像打开了盖子的酒瓶子，不断向空气中挥发。不管是炎夏凛冬，还是气候宜人的春秋两季，所有人的脑袋顶上都持续不断地向外飘着一缕缕雾气。与酒不同的是，从人脑壳里挥发出来的记忆并没有任何味道。没有酒香，也没有腐臭。没有颜色，也没有声音。

似乎没有任何办法可以阻挡记忆的挥发。人们试验了各式各样的法子。给脑袋捂上一顶又一顶帽子，记忆会从织物细密的缝隙间钻出来。在头皮抹上一层密封胶，记忆会从鼻孔里喷出来。把鼻孔给塞住，记忆会沿着耳道爬出来。日复一日,城市逐渐变成了雾气茫茫的城市,空气里弥漫着千百万人挥发出体外的记忆,记忆和记忆搅和在一起,彼此分辨不清它们曾经都是属于谁的。

随着雾气渐厚,人们既读不懂雾气状的记忆,也看不清隐藏在重重雾气背后的建筑街道,一切都变得模糊了。大街上随处可见走着走着就撞到墙上或电线杆的行人,撞完了揉揉脑袋,满不在乎地继续向前走,被撞出体外的记忆立刻加入茫茫雾气之中,城市里的雾气于是又浓厚了一些。

总是有不肯放弃的人。有人发明出一款机器,宣称能够在空气中捕捉到已经挥发出体外的记忆,并通过压缩空气的方法把已经气化的记忆变成液体。只要把这些液体喝进去,就可以将已经失去的记忆重新夺回。

这一人类文明史上最为重要的发明立刻得到了热捧,

人们欢天喜地地花费巨资将机器买回家。可在阅读说明书之后又开始发起了愁。为了不误喝到别人的记忆,机器的操作需要在单独的封闭空间内进行,否则无法保证你喝下去的记忆确实是你自己的。但是人们还要出门,要上班,要见客户谈生意,要跟朋友家人聚会的呀。有谁能做到二十四小时待在单独的封闭空间内,只为了把自己持续不断挥发出去的记忆压缩成水喝回去啊。更有人担心,要是自己的记忆被别人捉去喝掉了,岂不是会造成更可怕的隐私泄露?一时间,大街上的行人稀少了许多,人们不愿出门,不愿上班,不愿聚会,生怕自己的记忆会变成别人水杯里的畅饮之物。

限制令很快颁布出来,要求这款机器停产,已售机器全部回收,同时禁止人们私自使用。市长在电视节目中声情并茂地向人们号召,不要使用这款邪恶的机器,在不可阻挡的记忆挥发面前,我们人人平等!眼尖的观众留意到,市长黝黑的假发下面夹着一层微弱反光的塑料膜。有人分析说这是一款昂贵的高密度纳米级别密封塑胶袋,市长可能通过这样的方式将记忆收集在假发里,防止别人偷走他的记忆喝掉。

人们不甘也好,抱怨也罢,政令就是政令,没什么可磨叽回旋的余地。所幸一阵不起眼的喧嚣过后,城市又恢复了往日的平静。人们像往常一样行走在雾气茫茫的大街上,撞着墙,撞着电线杆,撞着车,安静地生活着。

饥 荒

城市里的饥荒持续蔓延，在快要集体饿死之前，人们打起了动物园的主意。

无论在多么恶劣的情况下，人们都认为吵架仍是必要的，是人类文明之光。于是主张应该吃掉这些动物的人和主张不该吃的人在动物园门口分成两摊儿，气息虚弱地展开了长达几日的争论。

主张应该吃掉的人认为，只有延续了人类的寿命才能保全人类文明。主张不该吃的人认为，吃掉这些观赏用的珍稀动物是丧失人性的做法，就算是人的命保住了，也不再拥有人性了。主张吃的人又认为,把动物关在动物园里本身就很没人性,还不如现在帮它们早日解脱。主张不吃的人又认为,没人性也是分层次等级的,为了一己私利而伤害这些本身已经很惨的小动物那是最最低级的。两派人的吵架声音越来越虚弱,还有力气说出话的人越来越少。最后,认为不该吵架应该直接吃的那一派人赶来,跨过瘫倒在地的前两派人,冲进了动物园里。

原本就时常出现在人类餐桌上的纲目首先遭殃。鸟族馆里的鸟儿们还没来得及振翅飞走反抗一下,就被带了网子来捕鸟的人给逮住。角雉鸸鹋大雁红烧,雕鸮天鹅鹩鸪油炸,黑凤冠雉白腹锦鸡褐马鸡做成辣子鸡,鸵鸟白鹤草原雕切块炖蘑菇。

水族馆里的各种鳖各种鼋各种龟不管多大个儿都捞出来炖成汤,大大小小的蛇要么做羹要么切丝爆炒,大蛇的尾巴也不能浪费，剁下来加笋片红烧。花花绿绿的热带鱼中看不中用，一口吞下去连肉味儿都没有，还没有金鱼实惠管饱，只好把色彩缤纷的它们集中在一口大锅里烧个汤，就着褐马辣子鸡一块儿吃。

蝴蝶馆里的各色蝴蝶既填不饱肚皮又不好捕捉，暂时躲过一劫。昆虫馆里的各类节肢动物同理也暂缓死刑。不过有懂吃的人已经提醒了大家，等到其他纲目都吃完了，可以把这些小虫子捕了烧烤，蛋白质含量相当高。

终于吃到哺乳纲了。食草类动物先行罹难，虽然它们体积普遍庞大，无奈反应速度较慢，来捕食的人类数量又远远多于它们，这些傻呆呆的大家伙们基本上只有束手就擒的份儿。羚牛岩羊藏原羚羊驼豚鹿最先被捕获，斑马猪獾和豪猪都属于比较难抓的，不过很快有人想到了挖陷阱设兽夹的法子。

食肉动物倒是足够凶猛，可在大饥荒里连人都好长时间没肉吃了，它们又哪来的肉吃呢？一个个饿得肋骨外露四腿发虚脑袋耷拉在地上，趴在笼子里任人宰割。黑熊东北虎豹子狐狸这些早就常被人类挖胆剁掌剥皮的族种，人们吃起来简直没有任何心理负担。在吃河马之前，一小部分人感到了犹豫。这头大河马是动物园里最老的一批动物，在这片小泥塘里头生活已经有快二十年的时间了。老河马被人用绳子捆住四只脚放倒后，那感到犹豫的一小部分人只好迅速安慰自己，老河马用最后的生命至少拯救了不少于五十个人，也算是死得其所。

现在，这座矗立于城市中心已经超过一百年的动物园里，只剩下一头大象、三只大熊猫和两头黑猩猩了。就算濒临饿死的边缘，所有人还是能够理智地统一立场，决定无论如何不能吃掉大熊猫。这是毋庸置疑的。剩下就是要看先吃大象，还是先吃黑猩猩了。

"妈妈你看，是花花！"一个看起来七八岁的小女孩抓着关着黑猩猩的栏杆，指着母黑猩猩。"妈妈，我喂花花吃过香蕉！"小女孩兴奋地挥舞着胳膊，她刚分到了一小块儿河马肉，现在比之前有力气多了。女孩儿的妈妈走到栏杆前看着黑猩猩。"妈妈也喂花花吃过香蕉。"人群中稀稀拉拉地发出了声音，"我也喂过""我小时候也喂过呢""我喂了十几年了""我小时候跟我爸一起喂，后来带我儿子一起喂"。

一时间，所有人慢慢地放下了手里的捕兽夹、炒锅、弓箭、网子、炭火、钓竿、菜刀、调料，一齐安静地望向笼子里一言不发端坐着的黑猩猩花花。花花蹲坐在剥光了树皮的树底下，安静地盯着树梢上即将掉下来的最后那片叶子。

我　们

我们的爱人坐在沙发上，历经太多波折起伏，她现在已经掌握了冷笑。我们把一根烟慌慌张张地塞进嘴里，喷出烟雾来作为盾甲，略为抵挡她以冷笑作为武器投向我们的冲击。这个女人实在是可怕，她屁股下的沙发挡住了大门，口口声声说什么今天无论如何要跟我们说个清清楚楚。

我们感到头疼。事情已经是清清楚楚的，我们无法离开我们。我们不是我和我和我和我，我们就是我们。现在唯一的问题是她是否愿意接受这一事实，而不是事情还没有说得清清楚楚。

我们中有个我提议，可以跳窗逃脱，这个提议很快被我们否决。八楼的高度已经足以致命，有些我们的脑子也是够不利索的。我们的爱人开口说话了，她说你不要觉得离开了其他人有什么可怕的，大家各过各的只会更轻松快乐。又来了。车轱辘话说了几万遍，我们都快被车轱辘碾成末儿了。我们没法拆下胳膊分给一个人，卸掉大腿分给另一个，我们是紧密结成一体的，我们难以分割。再说了，就算真的能分家，什么都只有一份儿，怎么才能做到公公平平啊。我们紧张地一口接一口把烟掳进肺里，想象着我们的身体被大卸八块，死掉的却只有一个我们。

也许此时应该用蛮力。可沙发上坐着的也是我们曾深爱的人啊，她的无法理解我们，只会增添我们的烦恼，并不会让爱就地蒸发了啊。我们望着烟雾中逐渐面目模糊的爱人，多么希望她能够真正明白我们不是我们的幻觉，不是人格分裂出了其他的声音,更不是和她存心作对。我们密切联结,彼此供给,相互掠夺,分配攫取,我们中的任何一个我们都不是其他任何一个我们的寄生虫,我们就是一体。为什么人类分成不同的个体但需要结合成群体这种事就能够被理解,而我们共用一具身体同时也是群体这种事就无法被理解呢?

　　话说回到起点,或许要求理解就是奢侈的。甚至可以说,是过分的。在我们和爱人最初相恋时,她对于我们的存在并没有那么多的疑问。疑问到底是从何时开始的呢?是从她不再持续被爱情冲昏头脑时开始的吗,还是从她发现"我们"不是个用来搞笑的口头禅,而是个事实时开始的?所有爱人曾经看重的我们的优点,在她发现我们的真相后都成了恐怖的缺点。她曾爱慕我们做事从来深思熟虑,后来知道那是因为我们需要尊重每一个我们的意见,经过充分讨论以后才决定。她曾欣赏我们学识庞杂，什么都懂一些，后来知道那是因为我们分别获取了信息后会进行融合交流。她曾喜欢我们性格复杂，俄罗斯套娃似的掀开一层还有一层，后来知道那是因为我们是我们而不是我。

嗨，就别说回起点了，过往无法追溯，就像我们无法简化为我。向爱人证明我们没有精神分裂不是重要的，甚至让她明白我们的存在是为了对抗每一个他们都不再是重要的。眼下我们只想尽快离开这里。窗外由远及近传来救护车的啸叫声，爱人的表情随着声音的飘进愈发变形，看不清是欣喜还是惊恐。能帮助我们的永远只有我们自己。

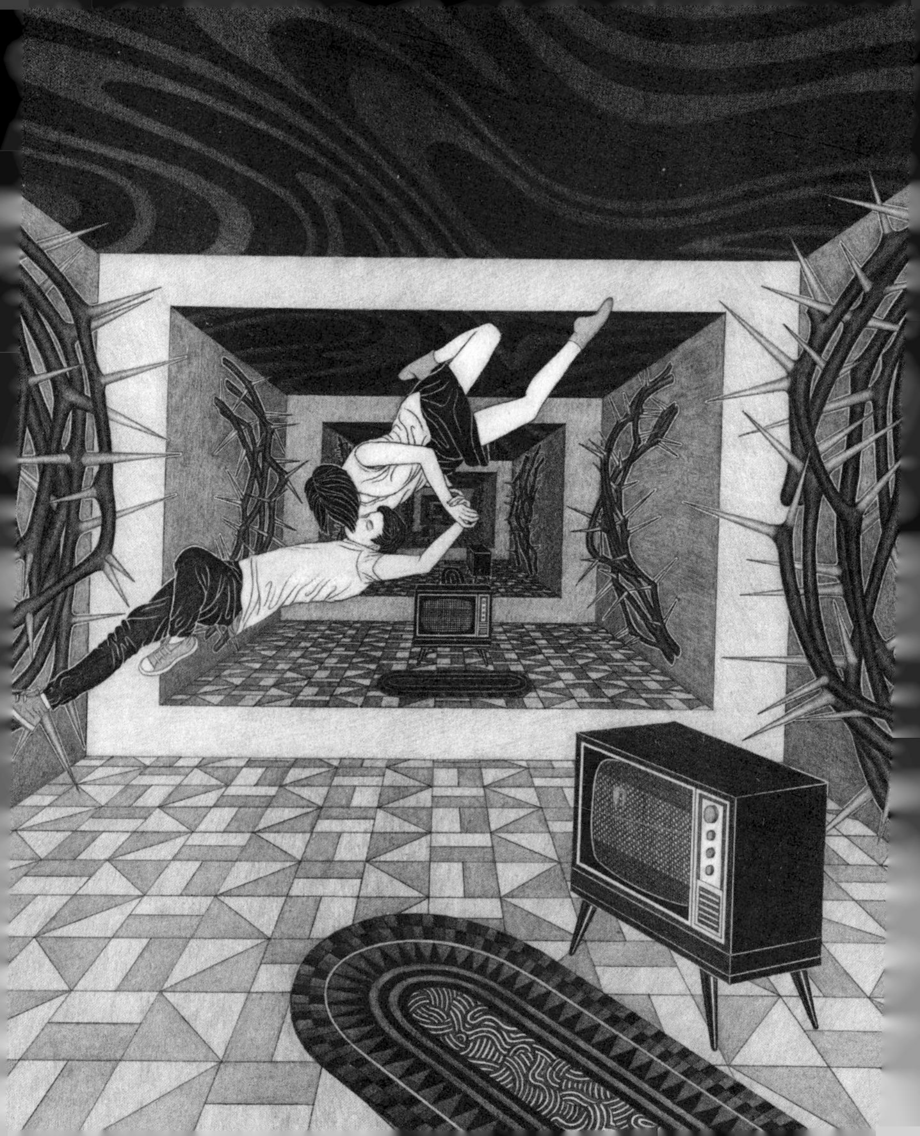

我的全家

我带着我的全家一起生活。不,应该说,我的全家就是我的身体,跟我生活在一起。

左手是我的爸爸,他热衷于将所有物体的油脂刮擦下来,尽其所能吸收入他的体内。头顶渗出的发油,饭碗盘子底残剩的脂肪,树木被暴晒流出的汁液,汽车发动机迸溅出的机油,一切都可以成为他饥渴吸吮的对象。这让我时常感觉到恶心,但我从不会反驳。爸爸总是对的。吸收这些可以保证我的润泽和健康。

右手是我的妈妈,她是掌控着我全身这艘大船行驶方向的主舵手。大海航行靠舵手,万物生长靠太阳,对于右撇子的人来说,右手就是他的舵手和太阳。不该吃的食物妈妈绝不会伸手拿,爸爸要是偷偷拿起来塞进嘴里,妈妈会把东西从嘴巴里抠出来。不该说的话妈妈时刻提醒嘴巴不要讲,嘴巴要是不听话,妈妈会一巴掌扇到嘴巴上。不该摸的人妈妈会指挥着爸爸一起把双手插在臂环下。跟爸爸一样,妈妈也总是对的。时刻监督着我不要偏离了人生的正确航向。

左腿是我的爷爷,他肌肉发达,弹跳有力,跟腱又长又有韧性,永远是我的主力腿。右腿是我的奶奶,她相对纤弱,动辄发作的神经痛关节痛风湿痛是她的劲敌,好在她格外坚强,努力做到不拖累所有人,当好一条多病但好强的动力腿。跟我见过的大多数夫妻一样,爷爷奶奶同时拥有保证我步伐一致稳健向前的感人默契,和让我一脚踏空扑倒在地的可怕争执。好在争执归争执,但是跟爸爸妈妈一样,爷爷奶奶也总是对的。他们永远能帮我走到我应该去的方向和应该到达的地方。

肝脏是我的姥爷,为我滤掉所有毒物、毒素和药物,凡想毒害我的必先过一遭我姥爷这关。肾脏是我的姥姥,帮我保持激素平衡,凡想影响我内分泌的必先得经过我姥姥的允许。胃是我的叔叔,给我腐化搅碎所有坚硬的外来之物,只为我留下柔软和营养。肠子是我的姨,替我分辨一切好的坏的,该吸收的便吸收,不该吸收的果断排出体外。

这就是我的全家。这就是我的身体。我的全家就是我的身体,跟我生活在一起。

真是,没有比这更幸福的人生了。

《宇宙收纳手册》撰稿人

生命、宇宙以及任何事情的终极答案根本不是42。所有人都被小老头儿道格拉斯给骗了。

她非常确信,唯一正确的答案应该是——收纳。她曾一度痴迷于寻找一切能够将"42"和"收纳"联系在一起的证据,最终所有线索都只导向了一个结果:收纳就是收纳,收纳本身即是答案,并不需要其他任何佐证。

没有任何一种欣喜能超越将万物规整,分门别类,收纳入箱的快乐。在她的家中,任意一件物品,无论大小,都有其对应着的收纳箱或收纳盒在等待着它。如果一件物品找不到适合门类的箱子或盒子被收纳起来,那么它就不该存在于这个家中。

她深刻理解一个道理,每个人关于收纳的哲学都大相径庭。重要的不是认定一个绝对统一的收纳标准,那跟人所痛恨的暴君还有什么两样?重要的甚至不是寻求理解。重要的,是在纷繁复杂的各种收纳哲学中,形成属于自己的系统和哲学。这是重要的。

很多人无法理解在收纳中所包含的哲学。她也理解这一点。毕竟就算是你把宇宙真理整理好写成书放在很多人面前,他们即便读懂了每个字也未见得能明白其中的道理。

塑料底座的台灯该归于照明系统,但铁制的手电筒是该归于照明系统,还是该归于铁制品呢?也就是说,定义它的,是它的功能属性,还是它的出身质地呢?稀有蓝水晶打造的昂贵酒杯,不舍得用它来盛酒喝,而是把它摆起来用作观赏。那么衡量它的，是其本身的实用价值，还是它作为装饰品的观看价值，抑或是它作为奢侈品的溢出价值呢？你看，这些，都是哲学。

任何人获取真理的道路都是坎坷的，轻易就能获得的东西也绝对不会是真理。历经三次巨大的精神变革和数十次小的技术调整后，她总算是形成了自己相对稳定的收纳哲学。尽管每次大小变动都意味着家里家外搞起装修一般的庞大工作量，成百上千只收纳箱开开合合，所有物品被重新分类反复归整，但她在其中获得了自己一步步靠近真理的无法言喻的满足感。定义一件物品的，应是它的功能属性，而非出身质地。衡量其价值的，应是它自身的实用价值，而非溢出价值。

真理若是总结成语言，即是语言表现其苍白的时刻。所幸，她时刻以收纳的行动来见证着朝向真理的道路。

每日她行走在大街上,看着那些歪七扭八的胡同小道、高低错乱的怪异建筑、缠绕一团的街道马路,她便升起一簇簇说不清的烦恼。要是这一切都能够被规整、收纳,那就完美了。她时常幻想自己当上了市长,第一条政令便是将全市所有的建筑、道路、社区分别按照区块、个头、长度进行分类归纳。最好可以定制一批巨大的收纳容器来包裹覆盖住它们。那样世界该有多美好。

可惜她只是一个普通文员。本市尚未有女性文员当选市长的先例。不过她还有另外一个身份,不知道这个身份是否能为她的竞选加分。

她是《宇宙收纳手册》的撰稿人。这本《宇宙收纳手册》是她以行动见证朝向真理道路的哲学思考总集。上至宇宙星辰、银河、星系,下至个人房间内部零碎物品,分别该如何分类归纳,她都进行了细致到个体物品的描述总结。她相信，一旦这部作品完成问世，整个世界将发生一些异常显著的微小改变。

手册中，个人房间、家庭内部及工作空间的收纳部分业已完成，全国各主要城市的收纳部分在经过大量考证和查阅城市规划类书籍后，也已经艰难地接近完稿。在是否要将世界范围内的其他国家一并纳入书中的这个问题上，她纠结了很久，最终选择了暂时放弃。她更倾向于去做一个引导者、启发者，而不是为所有人制定好一切细节的全能者。《圣经》《金刚经》《大藏经》写出来的时候也没考虑中国不是吗？可没妨碍我们阅读和理解啊，所以我也没必要考虑其他国家。哲学就是哲学，哲学是超越这些小事的。

最令她感到焦灼的，还是宇宙收纳的部分。各类关于行星研究的书和网页塞满了她的书架和浏览器，她还要时不时跑去天文台观测塔用自己的眼睛感知一下这些遥远球体的存在。然而随着时间的推移,她不再为如坠一片星辰的深海感到焦灼,而是获得了神秘的宁静。

每个夜晚,当她浸泡在发散着微弱光芒的星体中间,伸出她白嫩细长的手指将那些叫不出名字的光芒之球一一挑出,轻巧地放入一只只透明的收纳箱中时,她清楚地知道,收纳就是收纳,收纳本身即是答案。

嘴 皮

他干裂的嘴皮像碎开的硬塑料布似的敷在嘴唇上。那是守着他身体口门的盔甲。他能够时刻感受到那些硬塑料碎片的重量和它们扎入身体的力度。他每说一句话,就会有一小片枯树皮般的嘴皮扑扑簌簌地从唇上剥落下来,向下坠落。每片跌至地面的嘴皮都砸出巨大的声响,变成他吐出来的话语的一枚标点符号。为此,他对自己说出口的每一句话都能保持极端的慎重。

同一条河流

　　为了能够两次踏入同一条河流,他无法停下自己的脚步。被河水泡得发白肿胀的双脚踩踏着水花,河底的砂石在他已经磨砺得如盔甲般坚硬的脚底板上碰撞刮擦出火花,旋即被水淹灭。他无法停下自己的脚步,沿着河水流动的方向大步向前,努力与水流的速度保持一致。渐渐地,他能够用皮肤的毛孔感受到河水喘息的频率,能够用耳朵听到水滴撞击水滴发出的响动。他把自己心脏跳动的速度调整得跟河水喘息的频率一致,把自己的步幅调整得跟水滴在河中飞翔的速度一致,他相信,总有一天自己能够完全追上曾经踏入过的同一片水流。有人劝告他，这样做毫无意义，因为你永远无法真正跟上河流，即便速度跟上了，其中的每一粒水分子也已经改变。他的回答叫人不知该如何反驳。他的双眼被河水浸泡得玲珑透亮，仿佛也变成了一颗巨大的水分子。他用这样剔透的双眼望着劝说的人，喃喃回道，既然每个水分子每时每刻都在不断改变，只要他付出的时间足够多，追逐的距离足够长，那么总会有那样一个时刻，恰好可以踏入在他第一次迈进那条河流时每一个水分子当初的样子。他不停歇地继续奔跑追逐下去，沿着汲汲的小河跑进滚滚的大河，随着滚滚的大河奔向分叉的小河。待到他终于随着河水奔跑到入海口，他便折返回最初起始的地方，一切重新来过。传言说，他之所以要这样做，最初只是因为爱人负气的一句话。只是到了现在，因为什么而开始早已变得不再重要。终有一日滚烫的河水将煮沸他的身体,将他的血液毛发肌肉骨骼一一拆分为晶莹的分子,与永恒变幻的水流纠融为一体。他将永远属于河流。

对　称

没人说得清楚到底从何时起村子里形成了这种风俗。

地上盖着活人居住的房屋，地下以同等规模尺寸盖起死者居住的墓穴。

地上与地下的房屋结构严格对称，形成了两个镜像相对的空间。

人们生前在地上的房屋里活动，死后即转入地下休憩，阴阳仅由一层薄薄的土坯相隔。

生与死的过渡平滑如水中游鳗，除了进出人体的那缕呼吸外，地上与地下仿佛一切照旧。

新出生的婴孩，啼哭声穿透地层，抚摸祖父的皱纹。

思念母亲的女人将耳朵附于墙面，倾听下方空洞里发出的阵阵呜呜缓解伤感。

因死亡错过儿子大婚的父亲，借助空气的抖颤指导新人们不够娴熟的亲热动作。

在这个村子里出生的人，无论走得再远，死前也会挣扎着将自己运回故乡。

那个地下世界密诏般时时呼唤着他们。

对此他们毫无其他任何选择。

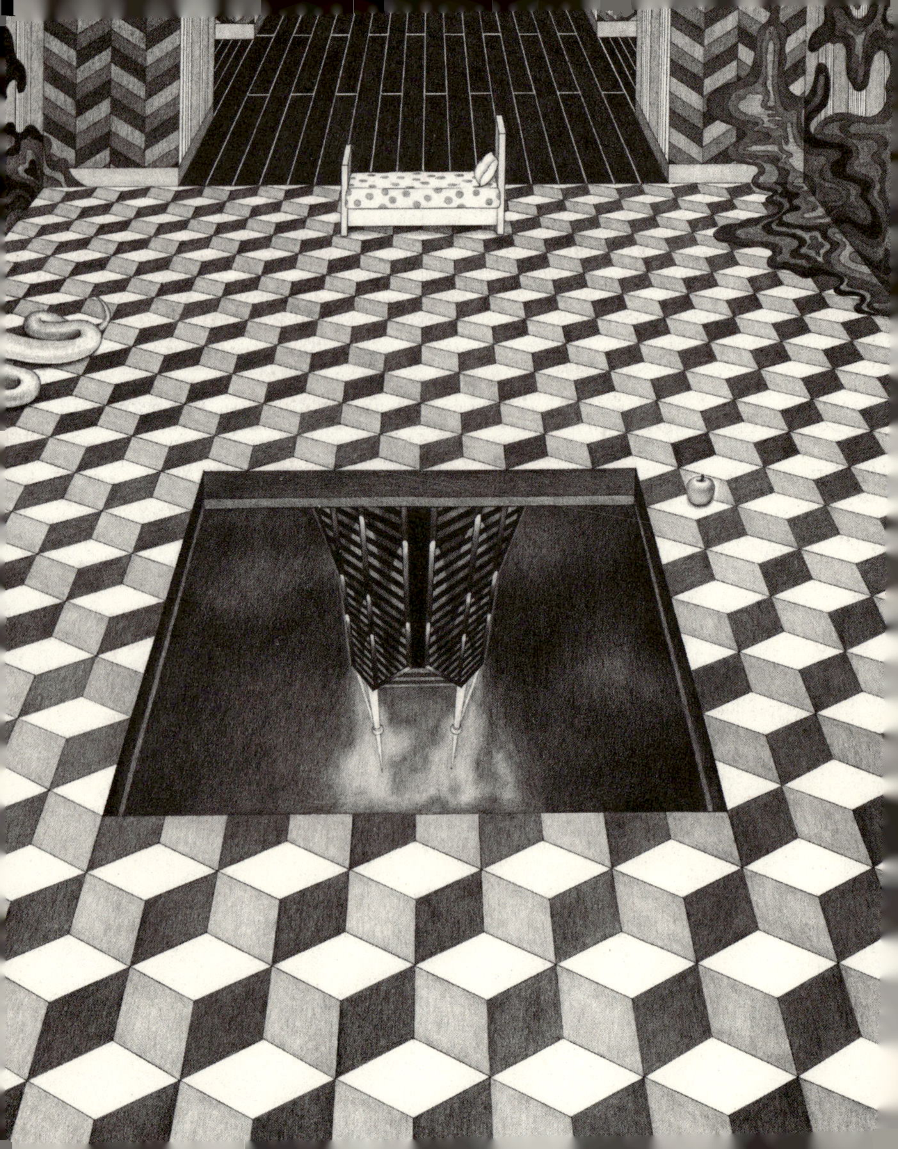

异　能

他拥有能够走进任何一处陌生居所的神秘能力。

对他而言，世界上没有门，没有窗，没有栅栏，没有陌生人，也没有被拒绝这个选项。

他可以轻松地站在任意一扇门前，敲敲门或按响门铃。

当主人由门后露出头来，最多只消三分钟的时间，他便能够说服主人邀请他进门，聊聊天，喝喝茶，吃吃点心。

通常顺利的话，可以就势住下来一段时间，将这套吃吃聊聊的行动延伸到超出双方意料的长度。

究竟是他足够厚脸皮，还是人们足够寂寞，这让所有得知他异能的人迷惑不解。

好事者向他求教,到底怎样才能做到像他一样,他总是会说秘诀其实非常简单。

你只需要敲开门,笑着对主人说,你好啊,是我,你的朋友。

每当说到这里,他的脸上便浮起那个令人无法拒绝的笑容,温和的声线搔痒着对方的耳郭。

能够料想的是,按他的指示照办的人,几乎都失败了。

是因为笑容不够温暖吗?还是嗓音不够磁性?总不会是因为脸不够俊美吧。

毕竟他的脸也不过就是常人之资,甚至比起常人还要偏下一些,丢到大街上无法寻回的平庸相貌。

少数在他指导下竟真的成功的人,倒落下了比无法进门还要可怕的后果。

他们发现一旦迈入别人家的大门后,根本无法轻易脱身。

那些将他们迎进门内的主人,像是在深海溺水的人终于抓住了橡皮圈,死死不肯撒手,一副非将走进家门的人圈养起来才肯罢休的架势。

这个拥有异能的坏小子,他只讲了如何进门的前半截,却忽略了如何离开的后半截。

而他又是如何吃够玩够待够了就起身,留下一句"多谢款待"下次再见便能轻松离开的呢?

没有人再相信这是一项能够通过实践而掌握的技能了,这从始至终就是属于他的异能。

令人困惑的是,没人知道他到底想去哪里,以及要做什么事情。

像他这样具有恐怖说服力异能的人,不是应该去忽悠些投资来做生意比较舒服吗？他怎么会甘心于轮转在一扇又一扇门前，只盼着可以敲开它们？

如果说一切都只是游戏，他在游戏中到底获得了什么呢？

是乐趣吗？是联结感，还是确证着寂寞的汪洋大海中浮动着的每个个体的荒诞？

没有人知道，他也绝不愿说。

他只是带着自己招牌式的微笑和那句"你好啊是我你的朋友"，持续游荡在城市的荒野中。

在他的面前，永远不存在被堵住的路，和锁死的门。

沉　溺

　　如果不是出生在这个家族里,他无法相信世间有如此易于沉溺的体质,并且还会遗传。

　　自童年有记忆开始,他便眼睁睁地看着家族中的男性亲属一个个相继跌进歇斯底里的疯狂中,落入没有边际的绝境。二爷爷沉迷于动物皮毛的色彩与手感,常年游躲在深山密林中,设陷阱抓捕各类动物剥皮拔毛。大堂伯沉迷于珍稀矿石光线折射的奇妙,耗尽家资购买叫不出名字的矿石塞满家里每一个房间,只为欣赏它们在灯下散射出的光芒。堂兄堕入对繁复数学公式的迷恋,每天不解开一定数量的数学公式就无法下床无法吃饭无法大小便,他每次张口前必须先解开一道数学公式,否则便不肯吐出一个字。他自己的父亲更可怕,深深沉溺于性爱,将这个家族的恐怖基因四处播撒,把魔鬼的诅咒射入毫无防备的人间。

因此,当他刚刚开始懵懂地知晓世情后,他的母亲便用最谨慎的方式来养育他。欲闯入他眼帘的,母亲先擒住盘数一遍;欲灌入他耳中的,母亲先捞过来过滤一通;欲靠近他身边的,母亲先挡住审查一番。

母亲的教导和亲人们的沉沦都令他感到恐惧。他从小便学会了如何严密封闭自己的内心,不轻易去感受任何事情。如今长到了快十八岁,他还没有陷入家族其他人所沉入的绝境中。他甚至期待着,当有一天自己掌握了不对任何事物产生兴趣的技巧,这个家族代代绵延的不幸将由他来彻底终结。

就在母亲对他日益严苛的密切监管中,意外竟然还是发生了。

他爱上了自己的梦境。每一天,属于他的夜晚越来越长,属于他的白昼越来越短。当他沉沉睡去万物皆息,他的脸上便弥散开幸福的笑容。当他被唤醒回到人世,沮丧和愤怒便充满了他的内心,让他只想毁灭一切他和梦境之间的阻碍。

没有人知道他在梦境中都看到了什么经历了什么,他也死不肯说。也许梦中的他终于可以摆脱家族的噩梦,畅览山河之美,尽享人世之乐。也许梦中的他沉坠在棉花般柔软香甜的无知无觉中,星河一样广袤的沉静将他环绕托举起来。

母亲越来越难将他从床上唤醒,即便费尽力气将他叫醒,只消回个身的工夫他就再次伏头睡去。在他越来越少的清醒过来的时间里，他那些因愤怒而抛向母亲的痛斥咒骂，也如刀剑割剜着母亲的心。他的语言逐渐破裂碎开，能够连贯吐出的字句越来越少，最终他能完整说出口的只剩下了一句话。他一遍遍向母亲高喊着，要是无法跟自己的梦境重逢，他只愿自己从未出生过。

心碎的母亲渐渐放弃了挣扎。他自小就是一个懂事而体贴的儿子。即便是最终的沉溺，他也没有像家族里其他男人那样，给母亲留下守着动物皮毛、放射性矿石的烂摊子，更没有像自己父亲那样肢解母亲的爱。他自小就是一个懂事而体贴的儿子。他只是每天安静地睡着，不打扰任何人，脸上露出满足而欣喜的微笑，远远看起来，仿佛一具仍有呼吸的标本，封藏着一句神秘的诅咒。

倒着走路的丢丢

　　世界上的每个人，都是生下来以后就会向前走的。就算是小婴儿，学会爬了以后也一定是向前爬着走的。孩子们长大了以后更是会向前乱冲乱跑，几乎都很少有人向后看的。只有在外面锻炼的老爷爷老奶奶们，他们喜欢在街边上倒着走一会儿路。不知道从哪一年开始，倒着走路成了一种锻炼身体的方式。不过爷爷奶奶们也只能这样走一小会儿，谁也不可能一直那样走下去，谁也没在脑袋后面长着眼睛啊。

　　世界上的每个人啊，都是生下来以后就会向前走的。

全世界的人，只除了丢丢。

　　丢丢从来都是倒着走路的。他不仅倒着走路，他还倒退着跑步、踢球、跟小朋友们玩游戏。他甚至在吃饭的时候，都背对着桌子，背着手胡乱夹一些菜以后就扒拉进嘴里。

　　当然了，丢丢也不是一生下来就是这样的。他最开始就跟其他所有孩子一样，都是正常地向前走路的。打某一天开始，他突然决定，自己再也不要那样走路了。他要倒着走路。不仅走路，他干什么都要倒着来。

　　于是从那一天开始，大人们和幼儿园里的小朋友们惊奇地发现，丢丢变成了一个倒行人！别的孩子走路的时候都挺胸抬头地阔步向前，胳膊甩得老高。丢丢倒也是挺胸抬头，胳膊甩得老高，只不过，他永远背对着自己想去的方向，他的腿是从前向后迈，胳膊是从前向后甩。大家跑起来的时候，丢丢也跑起来，腿脚摆动得更快了。

最开始，丢丢倒着走路的技术还不是很好，走得慢不说，还总是撞上东西。他每天回到家都是浑身青一块紫一块的。每当丢丢身上青肿着回到家，妈妈都又生气又心疼。可是不管妈妈是劝说也好，是训斥也好，是命令也罢，丢丢就是不肯改掉倒着走路的习惯。

时间一长，丢丢在整个幼儿园里都出名了。他不管走到哪里，不管在玩儿什么游戏，都有一大群的小朋友盯着他看。大家还给他起了一个外号——"倒行怪"。有几个特别调皮的孩子联合起来欺负丢丢，趁他不注意，把脚伸到他后面，绊他一个大跟头。或者聚在一起玩儿，就是不带着丢丢一块儿。

即使是这样，丢丢还是不肯改变自己走路的方式。有人问他，为什么非要这样奇怪。他就回答，因为这样才是对的啊，你们早晚会知道的。

丢丢就这样坚持了很久。直到有一天,他滑滑梯的时候,那件对的事情发生了。丢丢坐在滑梯的底部,然后他整个人就从滑梯的最下面,自动倒着滑向了滑梯的最上面。

所有人都看呆了。只有丢丢一点都不吃惊。他开心极了,把手背在身后使劲儿地拍着。他大声叫着:你们看啊,这下对了吧!

蜗牛建筑之梦

她的背上时刻扛着一只硕大的蛇皮口袋。

蛇皮口袋塞满了东西以后,变得比她这个人还要高大,还要壮。

她没有房子来安置属于自己的物品,因此所有家当都得装进这口蛇皮袋中。

跟她在一起的时间久了,蛇皮袋像是通人性似的理解她所有的难处。每当她觉得袋子里已经再也塞不进任何东西时，用力挤挤还是可以再塞下一些小玩意儿。

捡来的一切，曾拥有的一切，将获取的一切。

都在这只口袋中。

蛇皮袋日渐膨胀，不断压缩着她背部所剩无几的空间，也吞噬着她的力量，每一次背起和放下口袋都耗掉她吃下半日口粮才能生出来的力气。

她于是不再费心地重复以往把口袋背起再撂下的动作，而是始终背着它，就算是睡觉，也只侧身一躺便了事。

她身体上的毛发、汗液与蛇皮袋的塑料丝紧紧缠腻在一起。

重物压迫磨烂了她的皮肤，血管与皮肉愈合时将蛇皮袋一并融进她的身体内。

这口袋跟袋子里的东西，渐渐与她长成了一体，想要拔都拔不掉。

远远看起来，她像是一头蜗牛，缓慢地挪移在地表。

大半层楼房那么高的壳体，紧紧压覆着软糯却始终能够蠕动着向前的躯体。

原本这样也不错，她可以跟世界上所有与自己有关联的物体时时刻刻在一起。

一个人，就是一栋建筑。

一栋随时能够移动的建筑。

直到有一天，蛇皮口袋压得她一步也走不动了。

哪怕她使出吃下几日口粮才能生出来的力气，也一步都走不动了。

她必须把这蜗牛壳一般的袋子从身体上剥下来。

蛇皮袋的皮与她的皮结成一体。

蛇皮袋的经络与她的经络联成一脉。

皮肤一点点撕裂,连带着将肉也胡乱扯掉,错乱的血管攀附着蛇皮袋的塑料丝死死不愿放手松开。

等她终于狠命将蛇皮袋与自己的身体剥离开,她愕然地发现,滚落到地上的蛇皮袋,变成了一栋小房子。

小小的房子,只有几个平方那样大,如她个头一般高。

可毕竟也是栋小房子呀,尽管小,却什么都不缺。

在无法愈合的伤口掏尽她身体内所有的血液和力气之前，她瘫在这栋自己梦想的建筑前，幸福地规划着它所应得的装修方案。

宿 命

月光在她的眼球里折射出淡紫色的微弱光芒,她谨慎地挑选平淡而能够被理解的方式向母亲解说这些光彩。那是十月份新鲜吐絮的棉花刚刚从棉铃上摘取下来时摸上去的感觉,妈妈。母亲伸出手去抚摸月光,淡紫色的棉絮在掌心深处点点绽开,替换掉从未有任何光芒能够折射进入自己眼底的缺憾。

现在她已经学会将万物的形状打包成双手张开尺度内的点、线、面,将多绮的色彩降维成沁入鼻孔的气味和贴近皮肤的触感,再将它们讲述给父母听。这是她能够为他们所做的最好的事情之一。她那善良、平和的双亲，一生都处在永恒黑暗的困囿之中，却从不将自己的任何不幸迁怒于命运的捉弄。他们甚至时常感恩命运的馈赠，虽然夺取了他们的光明，却赐予了他们的女儿异常明亮清澈的双眸。

毛毛茸茸丝丝缠绕的瞳孔，忽大忽小好像呼吸的瞳孔，幽幽深不见底的瞳孔。她喜欢捧着镜子反复观察自己的瞳孔，惊异于这样一枚小小的让人捉摸不透的深孔，竟然能有权力决定是否允许光明渗透进一个人的身体。她望着那微小的黑洞低语，将无法对母亲吐露的秘密投入幽深的孔中。

她的恐惧是合理的。没有任何人能够保证这枚任性的深孔不会突然有一日也将开向她的大门永久地关闭。令她无法解释的，是这恐惧毛茸茸地将她裹覆，竟渐渐地令她感到安心。一种越来越迫切的欲望夹染在恐惧中盖在她心脏上。她确信，那一时刻的到来是必然的，永恒的黑暗也终将降临到她身上。她将汇入淹浸着父母的同一条黑色的河流，漂浮着驶向光与彩的尽头。

黑夜与她的关系愈发亲昵。在黑夜不得不缺席的时间，她长久地闭拢双眼，将光线劝阻在身体之外。她想为自己做好准备。唯有此，才能在永恒黑暗降临时像父母一样保持平和，不将自己的不幸迁怒于命运。从未得到过的东西，不能称之为失去。若是被拿走可有可无的东西，丧失的痛苦感也将大打折扣。

眼球和眼皮热烈地摩擦，原来也是会生出流彩的。彩虹的片段和一闪即逝的流星会突然间划破幽深的瞳孔，就像小时候握在手心里的玻璃弹球对着太阳光折射出的幻影。她为自己人工创造出的黑暗，并不是期待中的一团死寂。

她学会了用双手与物质交谈,通过声波测算距离。

紧紧攫住她的,与其说是恐惧,不如说是如影随形的宿命感。虚拟的宿命不紧不慢地追赶在她身后,在终于追上的那一刻才会带来彻底的释然。可怕的还不是这碎碎的追赶除了她以外再没有任何人能看得见,而是这释然一日不肯到来,她便一日不得安宁。

母亲伸手抓住一捧淡紫色的月光,再软软捏住她的手,将那团沾染着大地土腥香气的棉絮塞进她掌心。用它给妈妈缝件衣裳吧,母亲对她说,干涩空洞的眼球对着空气散射出温润笑意。她握着那团棉絮,轻轻合上眼睛,幽深的瞳孔里生出棉花弹弓,生出纺锤,生出锭子,生出纺车。在宿命追赶上她之前,她要先为母亲织一件淡紫色的衣裳。

痕　迹

他曾在这里被禁锢了太久。现在却没有了踪影。只有他的声音在墙壁上留下了各种痕迹。像是凶猛的飞鸟拼命抓挠留下的。像是还不够凶猛的斗牛以角反复撞击留下的。像是从愤怒绝望的猎枪里射出的子弹留下的。看着这些声音留下来的痕迹，能够幻想出他曾被困在此地时身体的形状。不是痛苦的形状。痛苦是所有形状里最不接近他的那个。能说出口的总是太轻易。声音拼凑出了他的形状的交响曲，回荡在空荡荡的房间里。他曾经反抗过吗？声音的印迹无法证明他曾经反抗过。这样说来，没有任何事情可以证明任何人曾反抗过。如果不是为了反抗，那么他发出声音，那些锋利的声音，又是为了什么？为了证明即便在禁锢之下他仍有声音想发出可发出吗？人们尝试把每一颗嵌入墙壁内的痕迹用红色的线绳连缀起来。仍有信仰的人坚信，只要找到正确的顺序和方式将它们连缀起来，就会得到一部属于他的抗争的赞曲。或者说是，证据。人们又说，一个哪怕五音不全乐理不通的人，只要站在这个房间中央，抚摸着墙壁上的那些痕迹，便能唱出世界上最动听的歌来。歌声不是为了给任何人献祭，只是需要挣破一根根喉咙，与痕迹汇聚在一起。他还活着吗？他已经死去了吗？他是为了持续见证而忍受着不是痛苦的形状继续活着吗？他是为了绝望地反抗而孤独地死去了吗？传说叠加着传说，一帧帧渲染墙壁上声音的疤痕，编造着幽暗的神迹。

KK

我养了近十五年的家猫 KK 在一夜之间彻底变了样子。

细想起来,自打有了 KK 以后,我的梦境便再也没有过平静的时候。无法命名的动物接连顺着梦中的碎片爬行着拼合在我眼前,日间也与夜晚相连,为它们编织着不会断开的通道。传说里才会存在的物象碰撞着打结的幻象,击散了遍布空间的象腿、兔耳、熊臂、龙眼、狗嘴、驴颈、豹身、狮脸、鼠尾……再一一强行搭配在一起。它们整夜盘旋在我的梦中,飘浮、重组、变形。

KK 的变化是一夜之间便发生的事情。确切地说,那不是一夜之间发生的事情，而是打了个响指的时间里，便发生的事情。

一声响指之前，KK还猛健地来回跳跃奔走在沙发和书桌间，一声响指的工夫，她就倒伏在沙发上，不愿站起来了。更吓人的是，这个响指就响在了我的眼前。整个过程由此固化成了一幅带有确定性的画面，有了不容置疑的真实感。

我试图把KK抱起来，去医院做一些检查，却惊恐地发现她的身体犹如一辆重型卡车那样沉重，我连她的尾巴都抬不动。如此沉重的身体，压在这样一张小沙发上，沙发怎么会没有垮掉呢？她的鼻息里埋着一阵阵飓风，刮撩得她体内的脏腑呼啸着地动山摇。

晚上KK就绑架了我的梦境。

她的身体随着怪异刺耳的音乐高频振动，环绕飞舞在她身边的动物碎片一轮紧跟一轮地抢夺着她的身体。虎眼挤走了龙眼，紧接着又被马眼拱开，头上冒出的鹿角顶开了犀牛角，马上又被羊角占据，抽了筋一般皮鞭样的尾巴每抽打一次身体便换一种形态。激烈的抢夺战摆出永无休止的架势，KK自己的气息正一点点被碎片们吞噬殆尽。眼睛们盯视着我的目光逐渐变得严厉，让我感到困惑。面前的怪兽一步一步向我逼近，它万花筒般的身体仍在不断变幻着形态，每踏出一步都像魔方一样拧出不同的搭配，可我却从中清晰感知到了KK的存在。突然她冲我张开嘴。我从梦中惊醒。

我坐在床上发了会儿呆，让意识跟着身体一起走回到这张床上来。客厅里传来微型雷暴滚动的声音。空气都显得潮湿，配合着雷暴的阵阵轰鸣，要在我这个小小的家里卷起一场风雨。声音击打着声音，每一声都似鞭子抽出了水来，水沿着空气的缝隙缓缓流下来，浸泡着木地板。我屏住呼吸，踮起脚来向客厅蹭去。是KK。

她在一团黑暗中散发着淡蓝色的微光，吐出的每一缕呼吸都劈作一枚闪电，混入沙发上空的微型雷暴之中。实际上在我听来这呼吸声仍是熟悉的，跟她舒服地伏在我膝盖上时喉咙里挤出的咕噜声并无分别，只是被放大了千倍。

我走到沙发旁边，坐在地板上，看着呼喘如震雷的KK。她的头和身体肿胀了数倍，已压满整张沙发。躯干上的毛发尽落，沙发上沾满了她淡黄色的毛屑，裸露出的皮肤结痂般拱起一片连着一片的鳞状物。我忍不住伸出食指去，轻轻按抚了一下那些鳞状物，并没有如我想象中鱼鳞般的黏腻感，干燥而硬实，每一片都浅浅散射着夏日傍晚天空宝石色的蓝光。她周身的光芒便是由此而来。

按够了鳞片以后，我的食指一点点向她身体的其他部位挪蹭过去。接着我把手掌展开，整只手覆在她的身体上。

她的身体随呼吸起伏，如果我闭上眼，忽略手掌的怪异触感，也忽略笼罩在我们俩头顶的微型雷暴的话，她似乎跟平时没有什么两样。当我摸到她的脑袋，KK睁开了眼。她的眼皮沉重如铁门，我能听到铁门徐徐开闸碰撞出的金属轴承的声音。铁门开闸到顶，又缓缓下落，关住门内那两团黑火。

我养了近十五年的家猫KK在一夜之间彻底变了样子。现在有一只麒麟样的怪异生物趴在我家的沙发上。我暂时还不知道家里有只麒麟该怎么办，但最开始养猫时我也同样是新手。所以我想，一切应该也差不多吧。

怪奇幼儿园

丁丁每天早上醒来第一件事就是把脑袋伸进冰箱里，冷冻住自己的头发。他认为这样一来就能够让自己脑袋里的想法永远保持新鲜，不会变质。等到他需要用到这些想法的时候，就伸出小手抓住一撮头发把它解冻，这样其他冻住的头发就依然是新新鲜鲜的。

小欢只要抓住一个大人不注意的瞬间，就潜进厨房里偷出酱油、陈醋、橄榄油或是料酒。她要用这些有滋有味的调味品来浇灌园中的青菜和花草。凭什么只有人类有资格品尝有滋味的水啊，给那些青菜和花草的都是些没有味道的白水，这太不公平了。喝了有滋味的水，将来这些植物也一定会长成更有滋味的样子。

蓝蓝每晚都要做一个跟前一天完全不一样的噩梦。不是被霸王恐龙追逐，就是脚上的鞋带变成了蛇，再不然就是刚捉来的蛐蛐屁股可以喷火。蓝蓝的胆子大，不会被吓哭，还喜欢把自己的噩梦讲给其他小孩子听。于是她的噩梦变成了传染病，但凡听过的小孩子当天晚上也会做同样的噩梦。胆小的孩子一看到蓝蓝坐下来，准备讲自己前一天晚上的噩梦，就捂住耳朵哇啦哇啦哭着跑开了。

阿轩只喜欢吃从大街上捡来的食物。香喷喷有营养的饭菜摆到他面前，他就皱起眉头噘起嘴；走在街上看到别人丢掉不要的食物，他便两眼发亮。最开始阿轩只喜欢捡零食吃，掉在地上沾了土的半截棒棒糖，孤零零躺在草丛中的薯片，弹球般在台阶上滚来滚去的爆米花，都是他的心爱。现在可倒好,就连正餐,阿轩也闹着只吃大街上捡来的。阿轩宣布,从今以后只要不是自己捡来的食物,他誓死也不肯吃进肚子里。

蕾蕾无论吃饭玩耍上厕所还是睡觉,手里永远都要捧着一本厚厚的绘图版《格林童话》。蕾蕾太爱这本书了,她坚信这本书中包含了整个世界的全部真理。每当她想开口跟别人说话,她就需要翻开书来挑一句书中的话来说。每当她遇到了困难或开心的事情,她就需要翻开书来看看故事里的主人公是如何面对的。有了这本书,世界上再没有蕾蕾解决不了的事情,她也不再需要学习其他知识了。

小琴酷爱把积木放进嘴里,被口水泡软了以后用乳牙嚼烂,等到嚼成变了形的木渣子,再把它们吐出来重新拼成奇怪的样子。她坚定地相信自己是一个外星人,只是具体来自哪颗外星时常发生变动。当她认为自己来自土星时便成天坐在土坑里，当她认为自己来自水星时便泡在洗澡池里不愿出来。

阿文已经是全班个头最高的孩子了，但他还是不满足，眼里容不下任何高过自己的物体，比他更高的柜子全部被他推倒，比他更高的衣帽架每天被他坐在屁股下。

杰杰给自己能看到的任何物体都起一个从不重复的名字，每一张小板凳小桌子都有昵称，每一个小饭盆小玩具也必须有。如果你想跟他要过来他手里拿着的东西，却又叫不出那样东西的名字，那么想要拿到那样东西纯属妄想。

在这所怪奇幼儿园里，一个人最不需要担心的事情，就是自己会不会显得有些奇怪。在幼儿园园长看来，目前地球最大的危机，就是奇怪的小孩和大人还不够多。运营这家幼儿园，算是园长对于解决全球危机所贡献出的一份小小的力量吧。

碎 片

　　她一次又一次地想象着可能与我死亡有关的全部细节，用以填补她从完成一件事到完成另一件事之间的微小缝隙。最末一餐吞咽的沙拉有没有彻底消化干净，那块新鲜却异常咸腥的鱼生会不会让我的嘴里直到最后都始终萦绕着腐食动物的味道。她不喜欢穿却喜欢看我穿的那条臀部过分紧绷的牛仔裤，有没有在水中为我制造足够的摩擦力。浑浊清冷的河水是否顺着鼻腔滑入我的肺里，刺激着肺泡收缩引发咳嗽，导致吸入更多河水。一个月光和星光都被雾霭遮严的夜晚，仅靠微弱城市灯光照明的路边，看上去究竟是凄美的还是冷酷的。我的眼镜去哪里了，滚落在路面被来往的车子碾碎成渣子，还是随我坠入河中漂流向无法确知的下游暗流。是否根本在河水涌入身体之前我就早已失去了意识。最后的灵光随着呼吸彻底飘散前，我脑中的画面有没有一帧是关于她的呢，关于她的什么。随着这些断断续续却绵延恒常的想象，我从一块块业已分裂的碎片开始，得以逐渐重新拼合起来。一次死亡有可能的面目也在无数种交叉验证当中逐渐清晰。人们经常会被死亡过分庞大而朦胧的外表所蒙蔽，以为它是一次性到来的，如结实的塑料膜般整体性地覆盖在一具身体上。然而死亡从来都是一点点渗透进来的，由肌肤、毛孔，渐渐钻入血液、内脏，沿着四肢周转蔓延。比起塑料膜，它更像是某种病菌，或是恐惧。我的存在也终于再次明晰起来。她绵延的想象即是我存在的唯一方式。想象终止，便是我的终止。是死亡最终钻透了一个人灵魂的时刻。我无法同她交流这一点。任何逾越了我与她当下脆弱联结状态的交流都将打破均衡，我会重新被轰裂成无意义的碎片，飘散在她的鼻息周围，等待着她的想象再次将我拼合。

一滴水的味道

叮叮一直有一个梦想。她想拥有自己的味道。叮叮是一滴晶晶亮的小水珠,生活在一汪她自己也不知道叫什么名字的小湖泊里。这汪小湖泊不大,只有几十米宽、几十米长,但在小湖泊里,住着数不清的像叮叮一样的小水珠。

时不时地,就会有一些新朋友加入到小湖泊里来。有的是从天上掉下来,有的是从外面自己流进来。新朋友和老朋友们经常会聊起一些感兴趣的话题,而叮叮呢,最喜欢跟朋友们聊关于"味道"的话题。

叮叮自己是没有味道的,她的老朋友们也都像她一样。

可是她非常希望能够拥有自己的味道，就像泥土那样，或者像花儿、草儿那样。她渐渐明白，每天跟她的朋友们挤在这个小湖泊里面，这样等啊等的是不会一下子变得有味道起来的。

有一天，一个从外面来的新朋友对叮叮说："叮叮，我路过了外面城市的一条河流，那里的水滴就有自己的味道哦。"

叮叮听到了，决定要离开这汪小湖泊，去到外面的城市里，寻找她自己的味道。

叮叮流出了小湖泊，沿着一条曲曲折折的小溪流游向了城市。她游啊游，一刻都不愿停歇，终于游到了朋友说的那条城市里的河流。

城市里的河流又宽又长，一眼望不到边。叮叮惊喜地发现，河流里的水滴们果然有味道！奇怪的是，这些水滴们的味道一点也不好闻。味道里夹杂的全是城市里废弃的食物、汽车的尾气、腥酸腐烂的臭气，还有一些说不清是什么的怪味儿。

叮叮摇摇头，"不对，这不是我要找的味道。"

一颗小水滴听到了，对叮叮说："你应该到城市外面的市郊去，在那里可能有你要找的味道。"

叮叮离开了城市宽大的河流，向着市郊游去。她游了很久，沿途看到许多大大小小的厂房。几乎每间厂房都有一根大管子伸出来，圆滚滚的管道直通向河流里。

大管子里流出了很多小水滴，他们都带着一些味道。有的酸酸的像醋一样，有的很刺鼻，还有的不仅有味道，还染上了五彩缤纷的颜色。

有颗小水滴告诉叮叮："你进到那些大房子里去，出来以后就有味道了。"

叮叮还是摇摇头,"不对不对,这也不是我想要的味道。"

她不想停留下来,继续向前游去。她游过了一座又一座城市,游过了重重的山脉和茂密的丛林,但她始终没有找到那个理想中的属于自己的味道。

但是叮叮没有泄气,她很坚定地继续向前游着,她知道自己在寻找的味道已经离自己越来越近了。有的时候风大一些,她甚至可以嗅到那味道。

终于有一天,叮叮随着一条奔腾向前的大河,快速地冲进了一个她从来没有见识过的巨大湖泊中。这巨大的湖泊比叮叮见到过的任何湖泊都要大上几百倍。更让叮叮惊喜的是,这大湖泊里的每颗小水滴,都有他们自己的味道。那味道涩涩的,略微发苦,每一颗水滴的身体里都裹含着不同的元素和气味,彼此挤挤挨挨在一起,又碰撞出了不同的味道。这正正就是叮叮想要的!

一颗小水滴告诉叮叮："这可不是什么大湖泊,这是大海啊!在这里,每颗小水滴都有属于自己的味道。"

叮叮开心极了,她终于找到了自己的味道。

倒驰列车

　　从没有人告诉过我，人死后可以随意穿越时间游览嬉耍。如果有人早点告诉我，那些病榻前的悲哭哀号、子女伴侣的依依不舍和自己心底的苦涩不甘便统统可以省掉了。恐怕我还会盼着自己死得再快一些早一点。尽管这穿越时间的游览只有向后回溯的倒车，再也无法向前行进，然而对于像我这样念旧的人，这才是我最想游览的路线。新死的人们排列成行，坐在倒着飞驰的列车上，未来属于静谧浓稠的黑暗，现在属于无法辨清的白色迷雾，过去却清晰得如同临死前嘴巴上紧扣着的透明氧气罩子。仍有不愿意接受自己乘上这倒驰列车的人，一次次执着地驶向人生中最为得意的时刻，伏在铺满玫瑰花瓣的婚礼舞台上望着青春意满的自己失声痛哭，站在签下重要合同的自己身边鼓掌叫好，躺在费尽心思终于追求到的爱人身旁重温曾经的爱意缱绻。这些都是我不爱游览的事儿。我更在意的，是细节。那些数不尽的，因我的粗心或无知或忙碌而无情遗落下的，铺满我整个人生却从未被我在意过的，细节——童年家乡河水叮咚婉转的奇异声响，家中书架上长期放置落满灰土的贝壳上精细变幻的纹路，山中树丛被微风轻抚枝叶窸窣摇晃的身影，老迈的妻子强打精神准备早餐时在大白碗里翻打出鲜花似的蛋液，养了近二十年的三花猫咪眼底的玻璃体散射喷出的光芒。那些活着时从不屑关注的物样，死了以后竟会如此在意，大概也是生前从未想过的事情吧。捡拾起被遗落下的这些碎片成了我最大的兴趣，我像个孩子似的乘坐列车穿梭在过往逝去的繁复场景里,玩着这个乐此不疲的游戏。恐怕这个游戏将拼凑出一个我从未生活于其中的全新人生,即便我始终是里面的主角。一个谣言在死掉时间足够久的人群里传播。谣言称,我们下一段航程将不再是向后倒驰,而是要换车前行。每个人都在这段倒驰游览的旅程中得到了截然不同的启示。我自然,也得到了我的。

Part Two

鹦的腹语术

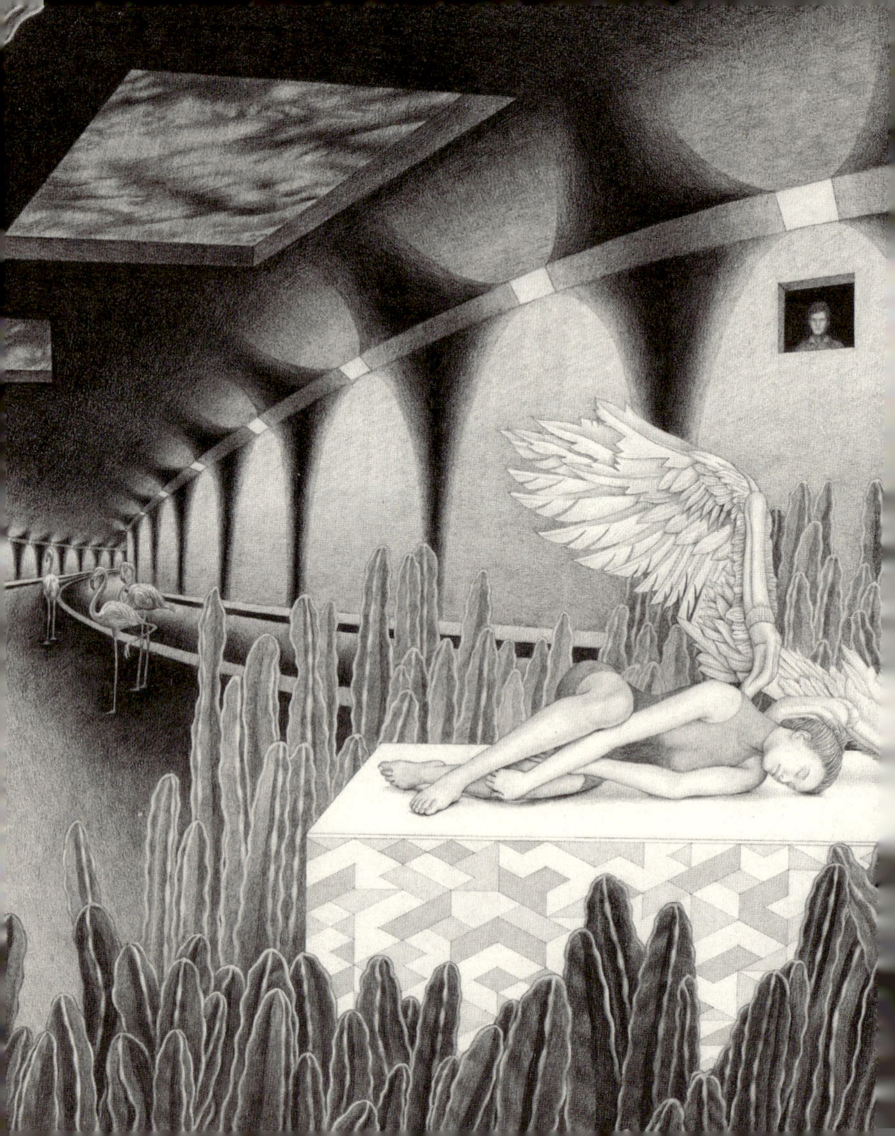

就想做坏事儿的人

"应该是十二岁或者十三岁那一年,我就对这个事儿比较确定了。确定了我跟其他人不太一样,我不想功成名就腰缠万贯成为什么人做成什么事儿。如果非得做成点什么事儿,我就想做点儿挺坏的事儿。你可能觉得我内心特别阴暗,但如果你是我,你就能明白,这不是内心阴暗不阴暗那么简单,它比较复杂。从那么大一点儿岁数到现在,我一直都在琢磨这个比较复杂的事儿,就打算把它弄明白点。

"比方说吧。咱大学刚毕业那会儿,不是没什么钱吗,我就租个那种特别破的老公房。比筒子楼还破,屋里没有厕所，厨房和浴室也都公用的那种。楼道里几乎所有的灯都是坏的，一到下午三四点以后就什么都看不清。我住三楼顶头一户，旁边隔着三扇门住着一个还挺好看的女孩。偶尔在楼道里碰见她，我就冲她笑笑，她心情好的时候也冲我笑，心情不好的时候就装作没看见直接走过去。

"有个周末，我跟几个朋友约了踢球，踢完回去，路过那女孩住的那屋门前，发现她门没关上。也不是大敞着，就虚掩着个缝儿。楼道里已经黑下去了，一个人没有。我站那条缝儿前面，站了一会儿，就推门进去了。那种老公房，每户设计都一样的，她那屋跟我那屋长得一模一样。我一时有点恍惚了，感觉那就是我家，她正躺在我床上。她睡得挺死的，稍微打着点呼噜，声音不大。快入夏了，她还盖着棉被，估计是有点热，整个肩膀和两只胳膊都裸着露在外面。

"她屋里窗帘拉着,也没开灯,屋子里特别暗。暗得让我觉得自己已经融进那暗里去了,全身都动不了。我就那么看着她,看了好长时间。站着站着我开始控制不了自己的身体。一会儿心跳特别快,像要淹死似的喘不上气来,一会儿又心跳特别慢,整个人平静得感受不到血液还在流动。如果这时候她醒过来就好办了。只要她醒过来,不管我怎么反应,至少我会做出反应。可她一直没醒,睡得像头猪。我沮丧得要死。不仅对自己沮丧,也对她怎么能睡死得像头猪一样感到沮丧。一开始沮丧,身体就松动了,我就走出了她那间屋,顺手帮她把门带上了。

"类似这种事儿在我的生活里特别常见。我不是想给你讲这么个意图强奸但没成的故事,我是想跟你说,这事儿吧它比较复杂。硬要说个所以然,那这件事儿对我来说就是,再一次提醒了我,没法不去面对内心那甩不脱又说不清的部分。我得弄明白。

"扯远了，拉回来说。我不知道能不能说我从小就对世界抱有一定的恶意和怀疑。毕竟更小一些的时候，只有本能的冲动，但没有进一步思考的能力。所以我能够确定下来的，就是在十三岁那年，我知道那个冲动大概是什么东西了。

"我不知道你还记不记得，咱们小时候，学校里头老是流传着一个校园传说。说是绝对不要在剧烈活动以后，马上就猛灌凉水喝，因为你肺里的肺泡正剧烈扩张呢，毛细血管都充着血。这时候猛灌凉水，肺泡一受刺激就会炸开，人就完蛋了。当然现在听起来你就会觉得很可笑，但在小时候就会很当真。因为传得活灵活现，还带着故事。故事说是在我们上面两届的一个师兄，大踢完了一场足球以后渴得要死，就跑到水龙头底下抱着龙头猛灌。结果灌着灌着,大家就看到他吐出来的比喝进去的多。吐出来的都是血。人当场就不行了,送进医院也是白搭。

"总之吧,我那时候就特别当真。刚上初中的时候我特别讨厌我们班一男生。他永远是一副贱兮兮的样子,不管跟谁说话都是特别巴结特别讨好的态度。我每天看到他那张脸就搓火。可他从来也没惹过我,还相反,一见到我就点头哈腰的,什么好听拣什么说。你想不明白他为什么要这样。有人喜欢他这样的,就跟他好,也有人不喜欢,就不搭理他。可我的感受跟其他人不一样。我就是希望他消失。不是消失在我的视线我的生活里,是消失在这个世界上。我坚定地认为他这样活下去对他自己和其他人没有任何好处,甚至可能隐藏着巨大的伤害。

"可我一个十三岁的小孩儿,怎么才能不动声色地让一个人消失呢?我就在每次我们刚刚踢完足球以后,怂恿他喝凉水。为了怂恿他,我也跟他一起喝。我想了个办法,我让水龙头里的水哗啦哗啦地灌进嘴里,但是我用舌头抵住喉咙口,不让水灌进去。所以看起来像是在猛喝水,其实一滴也没有流进喉咙里面,就在嘴巴里打了个转儿。但是他呢,就敞开肚子咕咚咕咚全喝进去了。

"每一次我们在操场上踢完球,气喘吁吁地跑到学校水房的龙头边儿上,我都在紧张地观察着他。我一边假装喝水,一边焦虑地等待着那些灌进他喉咙里的凉水变成红色的浪花再从他嘴里翻滚出来。就这样踢了一年球儿,猛灌了一年的凉水。我一直在等待他的肺像一束烟花似的在我眼前炸开。一年了都没有等到。我可能失去了耐心,也有可能被某个女生吸引了注意力。总之后来我就对这个男生没了兴趣。

"事儿呢,就是这么个事儿。听着好像没什么,但确实挺困扰人。我感觉自己的人生很失败。像刚才讲的那些我想干的坏事儿,这么多年来我还做了好多好多,数不过来。可就是一件都没成功过。我没能凭自己的本事让一个人死掉过,没能强奸任何人,没能让一个人倒霉过,甚至没能让一个人因为我而心情郁闷过。深深的挫败感让我就连喝汽水都觉得嗝儿打得不够响不够爽。但最近我忽然有个感悟,就是如果你有了想法但不努力付诸实践,那这事儿永远不会成功。我以前最大的问题就是不够努力,实践到最后关头经常掉链子,不是失去了耐心就是丧失了勇气。

"真不好意思,给你发这么多条长语音,是不是比你妈和你老板加起来都还要恐怖?从小一起长大的朋友里,还跟我保持联系的人不多了。我知道你们都觉得我这人很奇怪,可惜你们没有一个人知道我到底有多奇怪。自打我最近想明白了自己的问题和解决的方案以后,我就设计了行动计划。第一个计划，我就想起你来了。我要先为自己十几岁时的幼稚向你道歉，害你在长身体的阶段白灌了那么多自来水，不知道对身体有没有什么具体的负面影响。

"人呢，没可能一口吃成个胖子，也没可能一日建成罗马。像我这样缺乏胆魄的人，也很难一夜之间就具备连环杀手的素质。我现在给自己设计的计划，就是从小事做起，踏踏实实一步一个脚印地实践想要做点坏事儿的人生理想。从小事儿做起，就是先从给别人添堵做起。踏踏实实地，一点点把自己的心理负担，转化成别人的心理负担。老辈儿们不也总说吗，不积跬步，无以至千里，不积小流，无以成江海。希望你能理解。我想你应该能理解，毕竟你打小就是个通情达理的人。

"今天先说这么多吧。我要是有什么能想起来的，咱们回头再聊。"

一百万个细节

一百万个细节跌落在地板上。它们在摔疼自己之前先学会了沉默。灰黑色冒绒气球的沙发罩被猫抓开了线。爆出层层血丝的左眼球。涨潮。浅红色的月晕。烧红发烫冒烟的小龙虾壳。你低声说着抱歉啊抱歉。摊在桌面只剩下 998 片的拼图。笔筒里插满了磨秃了没人削的铅笔。冰箱贴压住张开大嘴的霸王龙明信片。撕成块状的机打银行凭单。花瓣即将全部枯干萎缩成一团的小雏菊。断掉两根琴弦的尤克里里。狂烈风暴席卷过的餐垫。飘在台灯上方的微弱抽泣声。屁股朝天头朝下的沙发。比赛滑行的球状猫砂。藤椅。算命书。还有最后一关没有冲完的手机游戏。指甲盖大小的皮肤碎屑。呻吟着路易斯·阿姆斯特朗歌声的音箱喇叭。你眼眶隆起红通肿胀的右眼。干裂起皮渗出血丝的嘴唇。两年以上没扫到过、蓄满了尘土和两片拼图的沙发底部。瓶底残留着一层浅浅福根儿的勃艮第红酒。忘记密封处理而受潮黏软的麦片。烟头排列成纵队。飞镖屁股从针状改造成吸铁石就算失手也不会伤害任何人。连根拔起的头发有黑色也有黄色。掉了三只腿的路由器。下载到一半的恐怖电影。臭球鞋。文件袋。碎相框。匍匐在呕吐物上的天鹅绒靠垫。一百万个细节跌落在地板上。白蜡木地板。我中午刚刚拖洗过一遍,原本期待接下来的一周都可以不必再打理的白蜡木地板。我中午刚刚拖洗过一遍原本期待接下来的一周都可以不必再打理此时却堪比午夜垃圾回收站的白蜡木地板。细节在摔疼自己之前先学会了沉默。沉默最易传染。遭它们传染的你我安静地坐在被一百万个细节渲染后的彩色地板上。你在思考你已经委曲求全抢先道歉占据了有利身位是不是就可以躲过清扫战场的责任。我在思考我们是如何被这一百万个细节所占领差点失去了自己生活在其中的外部物质空间及内部精神空间。万物和两人乖巧地坠入沉默只有阿姆斯特朗没眼力见儿地仍在喋喋不休。彩色的地板，黏腻的地板，凸凹的地板，沉默的一百万个细节，两个喘息渐渐冷却下来的发狂恋人。我忽然意识到，这便是我们俩相处这么多年来，最接近浪漫质地的瞬间。

管道间里的爱人

她梦到自己的爱人因为赌气而决心要在嵌于墙壁中的管道间里过一辈子。爱人说到做到,说完立马就爬进了卫生间墙壁上敞开的管道口里。连通着整栋大楼中水系统的管道间,洋溢着复杂而滑腻的味道。可惜这是在梦里,她努力嗅了嗅,却闻不到具体的气味,只好看着爱人那任性的怒气冲冲的脸,想象气味如河流,包裹起两个人。

我知道你是怎么回事。爱人把自己的身体展平,帖服在湿漉漉的水管上。你就是希望我像宠物一样听你的话。好哇,我以后就做一只生活在管道里的宠物好了。

话音刚落，爱人顺着管道滑走了。一边走，一边还有声音传过来。声音渐渐远去，只有依稀的回响。可惜这是在梦里，她趴在管道口上仔细地听，还是听不清爱人又说了些什么。好像是关于束缚与解脱，关于没有及时丢进垃圾桶的脏纸巾和喉咙里不停发出的咕哝声。

她叹了口气，把头伸进那味道复杂的管道间里来回张望。爱人的影子已经消失不见，只有盘盘绕绕的一根根管道纠缠在一起。管道间里传来一阵阵细琐的声音，不像是水发出的。她附耳过去听了听。是人在说话的声音。是很多人在说话的声音。整栋楼里面的住户在说话的声音。七楼的王奶奶埋怨老伴儿又忘记冲厕所，十三楼那对总是叫外卖的小夫妻吃坏了肚子相互指责对方懒得做饭，三楼的李叔叔背着老婆把藏在袖筒里的几十个烟屁股冲进下水道，二十五楼的小张坐在马桶上抽泣着点燃自己的生日蛋糕唱起生日歌。细细碎碎的声音随着水流奔腾在一根根管道里，离开他们的主人，流向城里人从来不知道它们会去往哪里的那个那里。

可惜这是在梦里，梦里面的她，对别人的生活一点也不感兴趣。

她把头缩了回来，无奈地叹息着。看来爱人是不会回来了。难道我真的有那么可怕吗？爱人真的就此要像忍者神龟一样生活下去了吗？好在梦里的她，似乎也并不是非常在意。

每天到了饭点，她便端着一盘食物站到卫生间的管道口前，用力敲一敲管道。梆梆梆，梆梆梆。用不了一会儿，爱人便窸窸窣窣地沿着管道爬到管道口前，露出脸来。她把食物递过去，爱人伸手接过来，又窸窸窣窣地离开。有时候她会站在那里听一会儿那些管道里面整栋楼的声音，有时候她会不耐烦地离开。有时候来接食物的不是爱人而是另外一个什么人，有时候她出差也会拜托邻居送饭过来。有时候她怀疑自己听到了管道间里有爱人跟其他人在做爱的声音，有时候她看着爱人日益苍白无血而显得愈发娇嫩的脸庞，感觉这样的生活也蛮不错。

闹钟嘀嗒嘀嗒嘀嗒地响了起来。她还站在管道口旁窥听着来自四面八方的声响。爱人烦躁地摇她，嘟囔着让她把闹钟赶快关掉。她一点点清醒了起来。交错的管道嘈杂的声音滑腻的味道爬来爬去的爱人统统都消失了。她抓起手机，关掉闹钟，转身看着懒洋洋的爱人。

有些可惜啊，这不是在梦里。

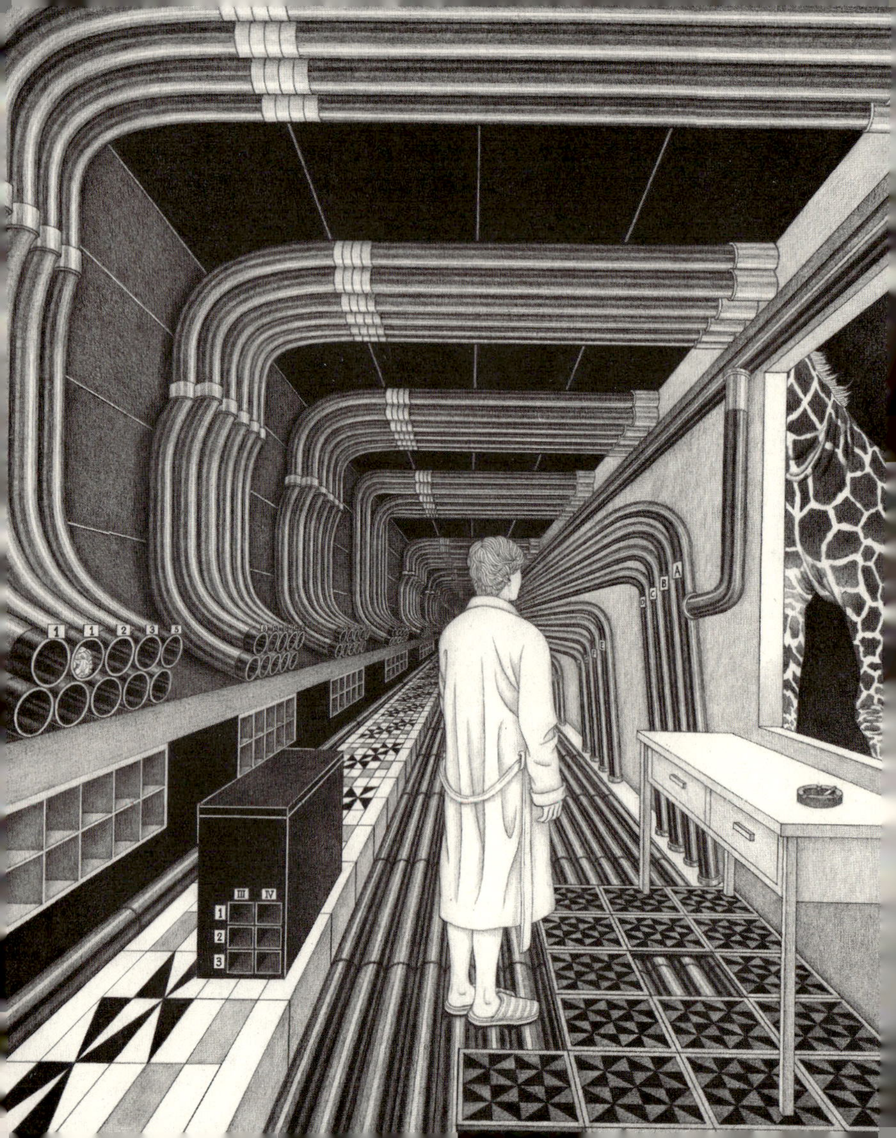
1
1
2
3
5
A
B
C
D
III
IV
1
2
3

工科的浪漫

这是他们确定了恋人关系之后，即将共同度过的第一个他的生日。要说不期待些什么是不可能的，但他一再提醒自己不要太过期待。校园中像他们这样物理生和化学生搭配的工科情侣，最多见的浪漫便是一起上自习和结伴去抢实验室。也许她也会送自己一把剃须刀呢，宿舍下铺的兄弟上个月就收到了这样的生日礼物。兄弟几个半夜睡不着觉，热烈地讨论了一番剃须刀是否代表着对成熟男人的期许，其中又是否闪烁着若隐若现的性意味。

当女友怀抱一本比教科书还大两个型号的相册从远处

哒哒哒向他跑来时，幸福的同时一丝失落也涌了上来。看来是打印出了两个人自拍照的相册啊，"成熟男性"和性意味算是泡汤了。女友呼喘着拉他坐到树下阴凉处，郑重地将相册递给他。"生日快乐哟。"女孩粉红色的汗水浸湿了包着相册的表皮。

他翻开第一页，一长条翻滚在乳色混沌空间中的白色团状分子结构长龙凸现在他的眼前。分子长龙身体凹凸有致，块块鳞甲清晰可辨，顶头的边缘丝丝游离仿若胡须。他不由得惊叹出声。"这是浸在硅酸钠溶液中的硫酸锌正在起反应。"女友连忙解释道。第二页，梦境般幽深的黑底胶片向上浮动着一簇簇边角炸出小刺的银白色盐粒状物体。即便在静态的照片中，依然能够看出它们不断涌现不断上浮的动势，或清晰或飘隐，铺满了凝黑的底色。"这是锌与硝酸银溶液反应置换出银。"女友继续旁白。接下来一页则是一片浮在淡红色溶液中的晶体森林，森林的树杈枝叶分明，细看之下每一根都与其他一根绝不雷同，整体却规则地排列出层次的美感。"这是氯化铵晶体，我稍微加了些红色液滴。"

"好美啊，我真喜欢！"他抚摸着图片，感觉那些充满动能的分子结构几乎要冲出纸片来，刺到自己的手。"其实，我最想给你看的是后面那些。"女孩忽然变得羞涩，把头扭开不看相册。他连忙翻到下一页。

灰色较显混浊的底色上，错落分布着一些六边形的结晶分子。它们不嫌拥挤地擦碰着彼此，有些块头大些边缘清晰，有些个头矮小边缘清淡。"这是胱氨酸晶体。"后面一页的小家伙们乍看像是一群一闪一闪的小星星，再细看会发现它们外部都有着正方形的边框，只是内侧具有明显的十字交叉结构，因此看起来就像嵌进了相框中的星群。"这是草酸钙晶体。"再后面的是一群张牙舞爪的小霸王,它们由中心延伸出数不清的深红色长须,像是被涂了色的蒲公英,轻巧地飞扬在其他点状晶体之间。"这些是胆红素晶体。"

女孩的头忽然弯得更低了些,声音纤细得如同自语:"这几个是从你的尿液中提取出来的结晶。"

"尿液?!我的?!"他惊愕地重新翻动着相册,好多问题千军万马般涌上了喉咙。你从哪儿弄到的我的尿?!怎么弄到的?!我的尿是长成这样的吗?!后面不会还有我的屎吧?!

眼见女友的头快要弯到石椅子上了,他知道现在显然不是提出问题的好时候,于是暂且按住喉咙,继续向下翻。有了尿液结晶作为打底,后面的部分接受起来就不怎么困难了。他在女友为他准备的相册中近距离观赏了一番自己的血红细胞、白细胞,干透的汗液分子,不知道什么时候掉落的整块皮屑，尾部还带着毛囊的一根头发，他们俩谈恋爱后第一次出游的那个公园里湖水中的藻类生物，以及他们初吻那夜看的那场电影票根上留下的他的指纹。

"这真的，"他慢慢地合上相册，轻抚着女友的头发，"非常浪漫。"

听到这话，女友才艰难地抬起头来，"你真的喜欢吗？我一直在担心……"

"我当然喜欢啊。世界上还从没有人这样'关注'过我。"他笑起来。

女孩忽然变得兴奋，抓住了他的手，"如果你愿意，我想拿这些图片去参加国际微观世界摄影大赛。"

他挠了挠头，一些皮屑掉了下来，他努力不去想女孩会不会趁他不注意时从他T恤的肩头上把那些皮屑拾起来。"啊，让世界人民欣赏我的尿液结晶吗，会不会很丢人？"

"才不会呢!"女孩异常认真,"你的尿液分子很好看的,真的。比我的好看多了。"女孩又想了想,继续补充道:"比所有人的都好看。"

好多话再次千军万马般涌上了他的喉咙。但他什么都没有说,只是一手握紧那本相册,一手握紧他的恋人。

万物联系学

在他仍是个知识系统单薄、未成体系的青年时，便掌握了一个朴素的真理。万事万物均以某种特定的方式相互关联在一起，构成了历史的同时也是现实的一切维度。称其为朴素的真理，在于你可以不经论证地仅凭直觉来确认这个事实，然而若想以科学的方式来证明它，则需要耗费难以计数的时间、精力与智力。热切投身于这项近乎宗教性奉献的工作并不会磨损他太多的忍耐心。毕竟，通过宗教性的奉献，所获得的精神满足也是宗教性的。更何况每当推导出昆虫的繁殖方式与美国大选结果的关系、红树林树种分布与核武器弹头分布格局的关系、地区雌性流浪猫数量与拆迁政策的关系这样一些重大学术成果后，他所获得的满足感，足以对抗匮乏的物质生活和偶发的孤独感。他所面临的挑战是巨大的。浩如烟海的细节、各式各样看似绝无关联的微小选择、无穷无尽的繁复线索，顺着任何一个细微的现象入手，面对的都是更多资料的信息海洋。很多人提醒他，这门学说的开始，既是结局，是发端，也是尾声。然而这些劝阻反而构成了他继续研究的原因之一。对于一个万物联系学学者而言，世间的一切线索均指向同一个方向。

门镜观察家

她的公寓位于这一层楼道最顶头的位置，公寓大门正对着一整条走廊。通常顶头的这间房最难出租，因为房型比起其他朝向正南正北的房子相对不规整，还有点风水学上的忌讳。带她来看房的中介竭力掩饰这些缺点，翻着花样推销这套公寓的实惠之处。中介不知道的是，她看上的，恰是这间房特殊的位置。

偌大个城里，简直没有比这间房更适合她这个门镜观察家来住的了。只消站在门后，从门镜望出去，一整条楼道中每家每户的动态一览无余。她之前住过的所有公寓楼没有任何一栋的设计达到了这种水平,在最好的情况下,也只能透过门镜观察到三四户而已。现在住到这间公寓里,她能够轻松观察到十几户。

每日下班后回到家,她先在沙发上发会儿呆,把上班时挥发掉的元气收拢回体内,随后便放着音乐做饭。等饭吃得差不多,酒也饮下一杯了,一天中的最佳观察时段便出现了。她会搬一把高脚椅放在门边,靠着门口的鞋柜上摆好酒杯、手机和书,门外的楼道里响起声音时她便附到门镜上去观察,门外寂静无声时她便喝着酒翻看手机和书。

6号房的老太太看样子是跟媳妇闹别扭了,气哄哄地游荡在楼道里,嘴里絮絮不休地说着听不懂的方言脏话。老太太一会儿走下楼梯像是打算一走了之,没一会儿又从楼梯走回来,像是怕儿子追出来后找不到人。可是已经过去二十多分钟了,儿子一家没有任何人打算追出来的迹象,老太太只好沮丧地翻出钥匙来自己开门回家。

3号房的大叔又被老婆女儿撵到楼道里抽烟了,大叔在走廊窗户下藏了一只大铁皮罐头,算是他的烟灰缸。大叔每回抽饱了烟便四下张望,确定楼道里一个人都没有以后,就悄悄把裤子链解开一个小口,冲着铁皮罐头撒点尿来灭烟。似乎这泡尿才是大叔最重要的最想干的事儿,抽烟不过是为这泡尿打的预备仗,每每尿完大叔脸上都浮起极尽满足的笑容,把铁皮罐子藏回窗户下面,舒展着四肢回家去。

9号房应该是户群租房,至少有七个人拥有这户的钥匙,另有四个人虽没有钥匙但时常进出。七位住户永远行色匆匆,从不在楼道里作任何停留,他们的门前常年堆满鼓胀饱满汁水四溅的垃圾袋和纸壳箱,像是在宣称除了垃圾他们什么也不想留在这里。物业来催缴各种费用的时候永远敲不开他们的门,外卖来送餐时倒是一秒就有人响应。

8号房的青年男人喜欢在楼道里站着打电话，一打就是一个多小时。听男人的口气，电话另一边大概并不总是同一个人，聊天的内容也是时而轻佻放荡时而霸道强势时而低声下气的。很难推测与男人同住的青年女人跟男人具体是什么关系，因为每次女人回家时手挽着的都不是青年男人。可他们合住着的是一户开间公寓。他们俩真是个谜。

2号房住着的一对男性伴侣最爱吵架，每次吵起来的套路都是先在房内一顿乒零乓啷乱砸乱叫，随后其中一人夺门而逃，另外一个则站在门口大叫让对方滚滚得越远越好，前一个则折返回来问为什么要我滚现在我就要让你滚。两人吵到兴头上偶尔会互扇对方耳光，甚至在楼道里展开肉搏，不过这种刺激场景还是少数，大多数时间他们只是吵到自己也觉得没劲了就一起回房间收拾屋子。唯有一次意外，两人正吵在关键处，忽地涌来一阵风把大门砰地撞上了，没带钥匙手机甚至没穿鞋子的两个人呆呆地站在门外，反应过来后手牵着手一起去找物业。

13号房是一间神奇的无底洞，户型图显示，这间房只有六十多平方米，却不断被房主阿姨拖进去各种体积庞大的物品。大型多功能跑步机、高达两米的铁质货架、饲养不晓得什么宠物的三米见方的大笼子、组合五角柜、成套皮沙发、装满不知名物体的蛇皮口袋、破破烂烂的自行车、三角钢琴、四米长的大船木桌板、一人高的空气净化器。有一天晚上，她甚至透过门镜看到阿姨自己一个人拖着一辆三轮板车死命往屋子里塞。横着塞不进去就立起来塞。她想了一夜也没想通，在家里放一辆三轮板车到底做什么用。

她只是想一想。她不会打开门走过去问13号房的阿姨，为什么要拖一辆三轮板车装进自己家里；她也不会偷偷丢掉 3 号房大叔的铁皮罐头,躲起来看大叔抓耳挠腮的郁闷样子;不会在 2 号房的情侣被锁在门外时,把手机借给他们打求救电话;不会去安慰 6 号房的老太太,让她知趣点早些回家因为不会有人出来找她;更不会去问 8 号房的青年男人,与他同住的女孩究竟是不是他的女朋友。

因为她是一位门镜观察家啊。作为一个合格的门镜观察家,就必须仅仅透过门镜这个小小的、由一片凹透镜和一片凸透镜组成的、微缩的孔洞,去观察这个世界。

小学时她便学到过,人在室外时,眼睛无论靠近还是远离门镜都看不清室内的景物;而人在室内时,不管眼睛靠近还是远离门镜都能清楚地看见室外的人和景物。只是透过门镜看到的是景物正立的虚像,比景物略小。多么奇妙啊。这恐怕就是她唯一想去观察世界的方式。

收 房

　　他并不算喜欢自己的工作。世界上除了离婚律师以外，最容易吸收伴侣关系负能量的职业，大概就是房地产中介了吧。尤其是租房中介。尤其是在大城市。尤其是负责合租。他和这行业里每个跟他差不多年纪的青年小伙子一样，日复一日用发胶把头发抹得铮亮，套着廉价的工装白衬衫黑西服，踩着小电驴飞驰在负责区域的一个个楼盘里，反复听着那些年轻的或已不再年轻的伴侣客户们讨价还价斥责埋怨相互争吵。这样的日子过久了，他偶尔也会后悔自己怎么就干上了这个，搞到现在不管是对亲密关系还是对房子都产生了抗体,具有了强大的免疫功能。

虽说谈不上喜欢吧,但也不至于讨厌。在出租房子这一整套流程中,他还是有一个算是喜欢的项目。那就是收房。这个小喜好是他不敢跟其他同事分享的,因为其他同事最讨厌的事儿就是收房。

不讲卫生的年轻租客跟这个城市里的外卖垃圾同步快速增长,中介们每次去收房的时候,打开房门前都要先做上半小时的心理建设。没人知道那些看起来普通的房门背后是一片怎样狼藉的战场。他所经历过最狼狈的纪录是,一户曾住过三个单身男孩的房子在收房打开门时,地上堆积着两百多个还遗留着剩汤水的外卖袋子,四百多个空啤酒瓶啤酒盖啤酒罐,堆成一米多高灰白小雪山似的脏手纸,污黑到辨不出原本颜色的黏腻、糊在一起的破袜子烂球鞋,以及仿如原子弹爆炸现场般碎裂满地的各类电子元件。其他同事捂着口鼻开窗通风，想赶紧散尽屋子里窖藏了陈年老尸似的恶心气味，他却被屋子里那副好似当代装置艺术布展现场的景象给吸引住了。能折腾成这样，不仅得有点忍耐力和韧性，简直还需要有点想象力啊。

抛开这样的极端个例不提，每次去收房时，他还是会对那些被前主人们留下的东西感到惊讶。那些曾经紧紧依附于主人生活场景中的物品，孤儿般地被遗弃在主人离开了的出租屋中。换句话说，它们对于主人已经再也不重要了。不重要到，连被主人亲自丢进垃圾桶的必要都没有，就那样被留在人去房空的屋中，任由中介去处理。尽管同样是被扔掉，他觉得被主人亲自扔掉总归要好过于被带有怨气的中介扔掉好。套用那句流行的鸡汤话说，就是被主人亲自扔掉，至少还得到了一个好好的告别嘛。为了给这些已经不被需要的物品一个好好的告别，他经常自告奋勇地承担清理杂物的工作，在将那些物品丢进垃圾桶前鞠一个躬，轻声说一句，之前辛苦了你哟，现在就请安心地去吧。

各种长相奇特的毛绒玩具，破损的衣服鞋袜床品，凌乱的书籍，油盐酱醋锅碗瓢盆，用旧的橱子柜子架子椅子，世界各地的明信片冰箱贴，键盘鼠标硬盘数据线充电器，廉价的戒指耳环项链挂坠，前爱人们的照片笔记本小相册，坏吉他破笛子断弦二胡掉头小提琴……这些都是他经常鞠躬告别的物品。整理这些不再被需要的物品，与它们短暂地相处，再体面地告别，这个简短但可称温馨的过程柔化了这份工作的坚硬，也柔化了这座城市永远灰突突的色调。这是使他能够坚持生活在这座城市里的一种途径。

然而总有一些东西，是他没有办法轻飘飘地告个别再丢进垃圾桶的。这个道理是他在打开一扇房门，发现里面蹲着一只喵喵喵叫唤个不停的小花猫时才猛然意识到的。

同事们劝他把猫放进小区院子里，做流浪猫也好，被其他人家收养也好，总之不能自己带回家，这个头一开可就麻烦啦。现在的租房客最讲究"断舍离"，不需要的东西转手就要立刻丢掉。人生已经够沉重的啦，怎么还能负重前行呢。他把小花猫捧在怀里啜嗒道，要是感到沉重，一开始又何必要背上呢，它也是生命啊。

同事们说得一点没错。这个头一开，他自己租着的房子日渐变成了一家小型动物园。仿佛整个城市的租房客都听说了有这么一个可以接手被遗弃宠物的租房中介员，特地跑来租他的房。两只三花小奶猫，一只白色老公猫，一只手掌大的巴西龟，六只灰壳独角仙，一只棕毛折耳兔，五条红艳艳的小金鱼，三只被染了色的肥仓鼠，相继来到他的房子里。

他相信自己不会在这座城市里一直生活下去。他不喜欢一个让人可以轻易丢弃一切的城市。他也相信自己无论何时离开，一定会带着租住房子里的一切一起离开。他对自己说，在那之前，就暂且由我来负着这城市里一角小小的重而前行吧。

创 作

丈夫正在潜心创作一部全新的小说,她却在此时获得了比以往任何时刻都更加确定的信念:到了必须要跟这个男人分开的时刻了。丈夫迷惑不解,提出愿意暂时放下写作,花费时间来缓和两人的关系。她温柔地抚摸着丈夫困乏的双手,对男人说:"每当我们谈论起你在小说里构造出的世界,我便意识到我们彼此都希望在其中创造出我们从未拥有的另一种生活。最开始我认为你的男主人公就是你。慢慢地,我觉得他越来越不像你。直到某个时刻我发觉,我打心底里希望那个人绝对不要是你。当这个时刻到来时,我就知道了,有些东西已经永远地失去,再也没法挽回了。"

残酷的爱(一)

何为"残酷的爱"?

于是话题将不可避免地滑向一重紧扣着一重的连环定义阐释中。比如,何为爱?何为残酷?如何区分爱的不同形式、种类及层面?如何在爱的诸多重奏中,精心挑选拍扁矮化出其中一种来探讨它的残酷性?为了方便讨论,该将话题限定为人类之间产生的情感波动吗?那是否意味着,对于更广泛领域内人与万物之间的情感波动是一种嘲讽和贬低?又该如何看待人与神之所指(上帝菩萨真主长生天)之爱呢……

你甚至能清晰地听到连环套上的锁链逐一啪嗒啪嗒扣环锁上的声音。不是锁打开的声音。是锁扣上的声音。啪嗒。啪嗒。啪嗒。

A 君认为人世间最残酷的爱莫过于丧失了其神秘性的爱。当 A 君第一次面临这种情况的时候,她简直被这种披挂着"坦诚"外衣的近乎残暴的表达重击到需要注射肾上腺素。更可怕的是,她在未来的人生中还将受到大概三到五次这样的重击。"他怎么能说得出口呢?" A 君树叶般抖动的身体被对方误认为是自己的坦诚换取来的激动,更多的坦诚心情于是滚滚泼出,滚水烫鸡毛似的烫掉两人长期以来处心积虑、不着痕迹、精心维护的种种皮相。需要澄清的是,A 君无法承受的不是坦诚本身,而是在神秘性被强行消退后爱的含义被暴力肢解。

认为 A 君的痛苦就是充满对于爱的精神特质的不实想

象未免有失公平。想象，只是其中一个层面，甚至可以说是占比较小的一个层面。即便连神秘性的破碎也只是占比略大的一个层面而已。面对爱人闪电战突袭式的喋喋倾诉，更让 A 君感到绝望的，应该是人对于自己所承受苦难的消化无力。这些苦难（大部分只能称得上是苦恼）像塑料垃圾袋一样被掏出来丢给他人（他称之为爱人的人），丝毫不在意这些塑料在他人世界的土壤中同样无法降解的事实。

一部分人会认为这就是伴侣存在的意义。大家可以相互承受这些无法降解的塑料垃圾。我替你埋一点，你替我埋一点。否决或逃避这些责任就是否决或逃避作为伴侣存在的意义。就是不配拥有伴侣。

可 A 君就是隐隐觉得哪里不太对劲。

残酷的爱(二)

对于 A 君的困惑,B 先生有着自己的答案。B 先生认为,异性之爱与同性之爱有着本质区别。异性之爱,双方寻求的是一个 Other(他者),借由这个与己不同之他者,去完善自己生命的全体。而同性之爱,双方寻求的是一个 Self(自我),这便与异性之爱有了天壤之别。

按照 B 先生的理论,似乎解决 A 君痛苦的最好办法,就是转而寻求同性之爱。

乍一听 B 先生的理论好像卓尔不凡,细究起来却充满了各种疑问。无论是寻求他者抑或寻求自我,首要的,便是先建立起对于自我之自我的认识。这一点对于绝大多数人而言已经是相当艰巨的任务了。一旦失却了这个对于自我之自我认识的坐标，所寻求的他者（或另一个自我），往往将吞噬掉那个不够确定的自我。让我们尽量换个通俗的说法：爱了对方，就没了自我。这大概就是 B 先生心中认为的"残酷的爱"。

然而 B 先生对自己关于爱的不同理论的建立，并没能够解决他在爱中遇到的问题。

与 A 君面临困境时被迎面击倒、呆若木鸡、瑟瑟发抖的应激机制截然不同，B 先生的应激反应是迅速起身离开残酷的案发现场。有时是从餐桌前，有时是从床上，有时是从还在行驶中的机动车上，有时是从音乐会的现场。他虽然早已不再年轻，在逃离时刻爆发出来的矫健身手倒是可以震慑住所有人。

逃离时刻的到来往往毫无征兆，前一秒你还在同他闲聊、亲吻、品酒、听歌，下一秒他已经像巡航导弹一样射了出去。最令人惊叹的是，有时候他射出去时还是近乎赤裸着的（这种情况通常发生在逃离床上时），但当他巡航了一圈回来，已经穿得体面工整，没人知道衣服都是从哪里来的。也许他在城市的不同地点藏匿了一些专门存放衣服配饰及其他必需品的神秘堡垒，专供他在类似的赤裸巡航时刻应急之用。当然更多数的情况是，这枚导弹射出去之后就平地消失了，被逃离的对象从此再也见不到他的踪迹，他们只能猜测导弹射入高空以后就地爆破碎成了粉末。

在B先生的一生里，他既寻求过"他者"，也寻求过"自我"。当然，这里指的不是自我之自我，而是他理论中那个相对之自我。这些经历并没有让他感到更得意或更沮丧，也没有更困惑或更清晰。

令他渐渐恐惧的,不是自己关于爱的不同的理论是不是有什么重大缺陷,而是自己是不是有什么重大缺陷。对于像他这种天资颇丰、青年时期即建立起完整之自我的人来说,为何有了"坐标",仍会一再沉沦向丧失自我之自我的深渊呢?而那些显然根本没什么清晰自我的人,他们相互之间爆发出来的真挚激情(B先生暂且不想将其称之为爱),又该如何解释呢?

以及,B先生逃离的,到底是什么呢?

残酷的爱（三）

A 君所感受到的那种"不太对劲"，对于 C 小姐来说简直是家常便饭如影随形。

可以说自打 C 小姐懵懵懂懂地知道了有种让她心慌意乱的东西叫作"爱"以后，这个"不太对劲"就像枚小小的石头子儿一样一直硌在她的脚底。

知道豌豆公主的故事吧？几十层厚厚软软的床垫子下面，一颗小小的豌豆，就能把公主硌得睡不着觉。做小女孩的时候看这故事大多惊叹，哇，公主就是不一样呢，好金贵好优雅啊。长大了成为女人再看这故事只想咒骂，矫情死了,公主身子丫鬟命说的就是你,就这样下去看谁敢要你。

C小姐早就不是小女孩了,因此硌脚就硌脚罢,就算又痒又痛,也不能随随便便说出口来把别人吓跑呢。人间事,大抵莫不如此吧。

她向来羞于向任何人谈及这些硌在她脚底的小石子。不只是担心那些近乎"矫情"的小想法会降低自己在他人心目中的亲和度,也因为她似乎找不到恰当的词和方式来形容和定位那些小石子。

咸鱼似的体味,控制不住抽动嘴角的下意识习惯,总是自己夸夸其谈不给对方留出发言的空间,喜欢生煮螃蟹生煮龙虾生煮贝类生煮海鱼生煮一切活物眼盯着它们从活蹦乱跳到发红发白变熟,亲热的动作永远粗鲁得像个强奸犯,喷出的二手烟总要向着对方脸上砸过去……类似这样的小石子，藏在脚底和鞋底之间，外人永远看不见。但自己当然是知道的啊。走起路来，站起身来，甚至一动不动地坐着，那颗石子都在脚底板下硌着呢。

C小姐不止一次下定决心要对这些小石子视而不见。当恋人挽着她的手在夕阳下商场里海滩边集市中散步，C小姐被小石子硌得在脸上闪过一阵阵的龇牙咧嘴，已经能够被她熟练地掩饰为愉快嬉笑，而很难被辨识为尴尬。

如果你认为对于C小姐而言，残酷的是忍受这些小石子，那未必太小看了C小姐身为新时代女性的忍受能力。对于C小姐而言，残酷的是，那些小石子只要不是亲自踩在脚下，就不会有任何人理解你同情你。残酷的是，若是她说出口来，小石子恐怕会转成巨石将她压在山下粉身碎骨；然而不说出口，小石子会源源不断滚进鞋里，她每日仿佛踏着石靴艰难行进。

C小姐只能揉着脚底板尽量安慰自己，不可能只有我一个人在忍受这些的。瞧瞧那个人，表面看起来那样风光，还不知鞋里有多少小石子硌着他/她呢。

　　只要时间足够长久，C小姐会在某日像A君和B先生一样惊觉过来：残酷的爱，即是爱本身。

××品鉴大师

"咱们这个年纪的人,坦白讲,多少都是有些历史的。"相亲对象坐在她正对面侃侃而谈,没有流露出丝毫尴尬。她不禁在心里有些佩服起这个男人来。果然是个有历史的人,这要搁别人,不是落荒而逃,至少也尴尬得不知道说什么好了吧。但男人表现得非常镇定,甚至比刚坐下来寒暄时更加自如惬意。

"什么都有可能发生。对吧,你明白我意思哈?什么都有可能发生。毕竟不是所有人出生的时候嘴里都衔着通灵宝玉,知道自己的金玉良缘在哪儿,对吧?所以对绝大多数人来说，寻找伴侣就成了一个非常动态的过程。在这个动态的过程里，你什么人都可能遇到，什么事情都有可能发生。"男人一边说话，胸口一边抖动。应该不是他过分激动，只是因为胸口的衬衫湿掉了，看起来才起伏明显。

她努力让自己把注意力集中在男人说的话上，但她控制不住自己的眼睛，一直打量着男人湿掉的衬衫贴合下不断起伏的胸口。他是有毛的那种呢。虽然他的面部轮廓过分圆滑缺少棱角，整个人远看就像一片糊掉了的面饼，但他是胸口多毛的那种类型呢。不知道是不是因为她从小就习惯每天抱着玩具泰迪熊入睡，长大以后她还是对多毛体质的男人感到无力抗拒。

"尽管什么事情都有可能发生，但在这个动态的过程中，比较令人感到困扰的事情之一——甚至我们可以说最令人感到困扰的事情，没有之一——莫过于那些曾与你有过交往的人，她们自认为在那些或长或短的时间内，已经了解了你的一切。她们纷纷成了，不，是她们纷纷自认为自己成了，××品鉴大师，××研究专家。"

看来男人不仅具备一定的文学修养，是多毛体质，甚至可以说在言辞上具有一定的创造力呢。怪不得媒人说感觉我们俩人会合适。她微笑着捏起自己的酒杯，喝了一口酒。

"这些××品鉴大师，通过不断回味你们相处的不多的时光，品鉴你的言辞，放大你的行动，揣测你的用意，毫无逻辑地推导出错误的结论，最可怕的是，还要四下传播她们这些完全错误的想法。她们最喜欢说的口头禅就是，'哎呀，××这个人啊，我真是太了解他了，人渣一个'。"

哎哟哟哟，先生，你到底都对你的前任们做了些什么啊。她转动手中的酒杯，脑子里同时出现了七八条思维线，每一条都很精彩，她简直不知道该从哪条线开始追索。

"人，是多么复杂的生物啊。但凡对人间有真正体察的人都能得出这样的结论对不对。人是有很多很多个面向的。只有上帝知道，这些××品鉴大师所谓的'了解'你，大概不过是你亿万个面向当中某个切片里的某个断层啊！一个人，到底得有多不负责任，才会觉得这些切片里的某个断层就代表了这个完整的人呢？"

虽然男人的这段话在整体叙述上无功无过，但她最近恰好异常厌恶"人间"这个被严重糟蹋了的词。但凡这个词出现，整段话的水平都会被拉下一级台阶。还有"体察"这个词，放在这里也真是不合适。他应该是认真觉得自己算是个"宝藏男孩"吧，不然像"亿万"这样夸张的词又怎么能吐得出口。她讪讪笑着把酒杯放回台面，提醒自己立刻停止这条批改学生论文似的思维线。

"我是个特别有耐心的人，可如今这世道，大家都太缺乏耐心了，太急于下结论，做决定。唉，令人痛心。"男人嘴里说着痛心，脸上却在冲她微笑，也许笑得太过发自内心，头顶上瞬时又滚落下几颗红酒水珠。淡红色的水珠沿着糊掉了的扁平头皮滚到鼻梁，挂在了纤细的金丝眼镜框上。

她在自己手袋里掏了掏，揪出一包手帕纸递给男人，笑着问他："所以刚才那个泼你红酒的女人，就是自以为是你的品鉴大师中的一人喽？"

男人接过手帕纸包，抽出一张来，擦拭着额头、脸和脖子，又抽出一张来，铺在自己被红酒浸湿的胸口。"今天从一坐下，我就发觉你跟其他人不一样了。你跟我很像。你，也特别有耐心。"

原　罪

他们都盼着我死。或者残疾。或者不得好死。他们，所有人。世界上的每一个人。

有好事者问我，这是种什么感受。每个人都盼着你死，是种什么感受。我也时常问自己。到底是种什么感受呢？大概就是，你自己都迫不及待地想看看结局到底是什么。是不得好死，还是好死。我的原罪是违抗了伦理非法地降生于这个不完美的世界。一个被提前改造过的完美的非人的人。然而伦理由人定制，法律由人定制，我也由人定制。我的原罪便归属于人。有一天我将回答他们的问题。他们所有的问题。通过我模棱两可的死。通过我能够被批量复制的完美。通过我与他们全体所共享的原罪。

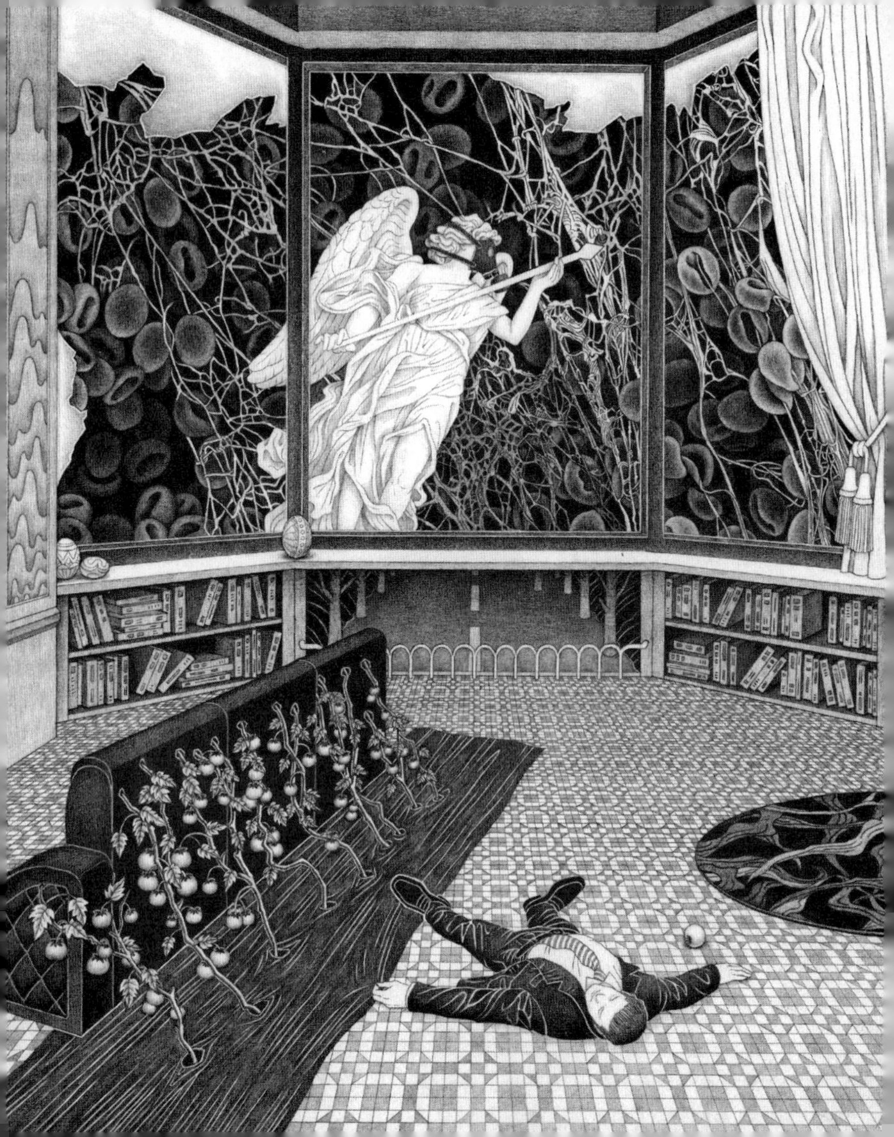

感情为什么不能图表化？

交往了七个月后，她终于获得他的邀请，到他家中做客。在这个交往半年都足以谈婚论嫁的快时代，他的审慎恐怕要么是出于不愿为人知的小隐秘小癖好，要么就是出于不想承担为人夫为人父的压力。这两者不管哪样对她来说都不算好消息。她总是想得很多。也许想得太多了。

谁知前往他家这个在她大脑中幻想了七个月的"神秘岛屿"之旅，却稀松平常得可用"令人失望"来形容。房子不大，只有不到七十平方米，典型的单身公寓。屋子为了迎接客人的到来收拾得还算整洁，至少没有丢在地上的臭袜子，厨房里的杯碗都是洗干净的，也没有隔夜外卖的酸臭气。但又不至于整洁到让人意识到主人有洁癖的份儿上，电器边边角角的地方和墙沿四周还是积满了浅色的灰尘。至于她曾幻想过的那些，什么推开卧室门便发现一整个房间都装满SM器具，什么书架阳台上摆满泡着虫子尸体的瓶瓶罐罐这样的狗血情节通通没有发生。

她慢慢放松下心情，跟他说说笑笑着一起备菜煮菜。她预感到，从现在开始，两个人的关系可以再进一步了。

吃完饭后，他们准备一起看一部电影。他主动要求承担洗碗的工作，让她去挑选一部想看的电影。主动洗碗绝对是加分项，然而负责挑选电影也是个坑。之前他们约会常一起去电影院看电影，但电影院里哪有太多可选的余地，无非就是那些视觉大片和爱情片可看。在家看电影就完全不一样了。

慎重起见,她没有选择线上流媒体的电影库,而是走到了书架边浏览起他收藏的DVD。这时候,那张图表引起了她的注意。图表贴在书架旁的墙壁上,有两张A4纸拼在一起那么大,表格上密密麻麻排满了各种人名和小格子。每个人名后面的小格子里都贴着一系列贴纸,贴纸只有小拇指指甲盖那么大,色彩丰富,细看有苹果,有闪电,有骷髅头,有玫瑰,等等等等。

她迅速浏览着人名表,发现有一些名字常挂在他的嘴边,也有一些名字从未听他提起过,看名字感觉其中男女都有。区别只在于,有的人名字后面的贴纸多,有的人名字后则只贴了一两个。这张图表让她想起了上小学时,老师为了激励大家学习而在教室里张贴的小红花榜。真是童年噩梦。她得到的小红花数量总是班上女生里最少的。她焦虑地在图表中寻找着自己的名字。哈,还真的是有。这一次，她的名字后面跟着一排数量极为可观的贴纸。五颜六色的贴纸犹如九色鹿闪耀着多彩光芒的尾巴缀在她的名字后面。

他从身后抱住了她。这是什么呀？她问。这是我的人情关系管理图表。人情关系管理图表？！是啊，人情关系管理图表。什么叫"人情关系管理图表"，难道感情还能图表化吗？感情为什么不能图表化呢？只需要一点想象力，世界上的一切都可以图表化啊。他笑了起来，显得很得意，比画着那张图表给她解释了起来。

黄色的苹果代表此人在关键时刻帮助了他，紫色的闪电代表此人做了一次伤害他的事，红色的玫瑰代表此人送了他昂贵的礼物，绿色的树苗代表此人临时取消了很重要的约会，橙色的翅膀代表此人帮他实现了很想实现的计划，深蓝色的箭头代表此人在背后说他坏话又被他知道了。总体上来说，暖色系的贴纸都是好事，冷色系的贴纸都是糟糕事。如果一个人积攒的冷色系贴纸太多了，就会得到一颗黑色的骷髅头，代表此人在他心里已死。

她慌忙在自己的名字后面寻找冷色系的贴纸，发现有两棵绿色的树苗，竟然还有一束紫色的闪电。我的老天啊，她在心里低声尖叫，我什么时候伤害了他？我居然完全没有意识到！他像是听到了她的心声似的，搂着她笑说，哎呀我也是闲得慌弄着玩儿的，不要当真，我们看电影吧。

心不在焉的她随手选了一部无脑喜剧片放起来，可她的心思完完全全被那张图表给挂住了。她不得不努力回忆七个月来与他的每一次约会，每一个相处的细节，她说过的每一句可能伤害到他的话。必须得弄清楚那些小树苗和小闪电都是怎么来的。可这是她想要的未来生活吗？仿如加长版小红花榜循环播放的噩梦童年，那些被鲜艳符号所支配的恐惧日日上演。

电影里的人也会意识到自己的可笑吗,还是他们的存在只是为了逗他笑而已?他随着剧情乐得前仰后合,她却连勉强咧开嘴装个样子都做不到。她时不时偷瞄挂在自己身后的那张图表,感慨生活果然不肯给她一个轻松就能得到美好家庭的机会。

"永恒"

已经是第五天了,老人还是没有出现在过街天桥上。她心里开始发了慌。

自打她搬到这个小区的第一天,就注意到了老人。老人每天早早地便坐在过街天桥上的一只军绿色小马扎上,眼睛始终眯缝着,拉着手里那把白色琴弦比老人的胡子还要脏乱纠凝的破二胡。老人就这样一直拉,拉到晚上她下班穿过天桥回家。有时她加班回得晚了,或是跟朋友在外吃过晚饭后再回,常发现老人仍在那儿。老人的上班时间比她还要长。

过街天桥就架在她所住的这座接近三千户的巨型社区和地铁站之间。附近居民出门想要坐地铁总要穿过这座天桥,走出地铁回家也总要穿过这座天桥。在穿过天桥的时候,就总会路过老人,听到他荒腔走板的二胡声和他不时发出的完全辨不清细节的咿呀唱腔,也就总有人向老人脚下的铁罐罐里扔点硬币。

老人虽盲,但很懂得流量的重要性呢,刚搬来时有一天她跟丈夫一同路过老人,她不经意地评价道。你怎么确定他盲了,说不定就是眯起眼睛来装瞎的,丈夫斜着眼睛瞅了瞅。她像被刺到了似的,停下脚在钱袋里掏掏掏,挖出一枚一元钱的硬币,丢进老人的铁罐里。谢谢了。老人夹在没有断裂开的唱腔里哼出含混的一声。

打那开始,她每天路过老人,都会给他一枚一元硬币。到现在,已经坚持了快五年。最近两年所有人都开始用手机支付了，少有纸币交换。她每隔一段时间会特地去超市买些小物件，破开纸币后要求收银员找零回一堆硬币，就为了完成自己与老人之间的这个仪式。丈夫偶尔笑她，发什么神经，瞎老头说不定每天赚得比她多。她懒得解释，他也不再管，又不是每天买个包包，就一块钱完全承受得起。

她难以向任何人说清自己对这个盲老人的感觉。老人永远都在那里。风雨天，严寒酷暑天，节假日，休息日，他永远在那里。老人像是不会生病，不会疲惫，没有亲人要探访，没有土地要播种，没有其他任何事情要做，唯一的使命就是坐在这架天桥上，拉着没有任何人听得清的二胡曲子。时间久了，在她看来，老人不再是个乞讨者或卖艺的，而是种象征——关于"永恒"的象征。

什么叫作"永恒"呢？也许有一天丈夫会离开她，女儿会离开她，但是老人还在那里。也许有一天她会失业，会失去没供完房贷的房子，但是老人还在那里。也许有一天外星人攻占地球消灭了95%的人类，或是僵尸病毒感染了全球一半人口，剩下一半人也被僵尸咬死了，但是老人还在那里。大概，就是这样一种"永恒"的感觉。

然而现在老人竟然已经五天没有出现了。头两天她有些担心，老人会不会生病了，还是终于回老家探亲了。第三四天她开始感到焦虑，第五天那个仍然空着的位置则令她心慌地推测，也许她能想到的最坏的事情已经发生了。

一个人会无声无息地消失，这样的事情我们都经历过。可是一个"永恒"的象征，怎么能消失呢？

她身体里有一块很坚实的部分在悄声酥动着。晚上回到家，她终于忍不住跟丈夫聊起了这件事。丈夫听她长长地讲完，将她揽进怀里搂住，她感到久违的温暖将自己从头到脚围起来。丈夫抚摸着她的头发轻声说，也许你该换个代表"永恒"的象征了。她瞬间僵住了，温暖从脚底板一点点流走。

第六天早上，刚刚走出小区大门，她就看到天桥上老人曾每天坐着的地方有一个人影晃动。她几乎是奔跑着冲向了天桥，跑到桥上后细看，才发现并不是老人。一个看上去五十岁出头、还完全没有露出老态的花白头发男人，坐在军绿色的小马扎上，胡乱拉着一把琴弦脏乱纠凝的破二胡。男人眯缝着眼睛，嗓子比老人的更加粗粝。

该问问这个男人，老人到底去了哪里，他应该知道。万一他不知道呢？万一他只是恰好路过这里。他怎么可能不知道呢？他一定知道，你看他坐着的马扎和拉着的二胡，分明就是曾经属于老人的。他们会不会属于同一个团伙，每隔一段时间轮轮岗。我这样贸然开口问他，会不会有什么危险？会不会被跟踪？会不会被质问是否在监视他们？

会不会陷进什么大阴谋里?可老人到底去了哪里,是死是活,我怎么着也得弄清楚啊。

她颅腔里嗡嗡噪响着,仿佛天桥上的野风都直接刮进了脑袋里。她缓慢迟疑地走到男人身边,掏出一枚一元硬币丢进男人脚下的铁罐子里,随后沉默地走进地铁站。

庭 审

——你今天不把这个问题说清楚我告诉你你就哪里也不要想去。你当着大家的面说说看,到底什么叫作"双方共同出资"?哎哟呵,还拽上法律名词儿了是吧,就你那两把刷子我还不知道吗,你也就趁我上厕所拉屎的工夫上网搜出来的名词儿吧你!

——法官大人你看呢,你看看你看看她,你看看,你说她天天就这样到底谁能跟她过得下去呢?我好歹也是个知识分子……

——狗屁知识分子你,你一个中学教员什么狗屁知识分子,你有知识啊还是你懂分子啊你?就你那点知识含量我还不知道吗,买个菜都恨不能让卖菜的给坑个块儿八毛的,脑壳儿一敲就哐哐响,里面没有瓤儿啊都是空心儿的能不响吗?

——好了好了,原被告双方注意用语。别扯些没用的,就证据问题展开质证。

——听见没有知识分子,人家法官说了,别扯些没用的,就说你呢。你跟大家说说,你扯什么"共同出资",现在银行对账单白纸黑字大红戳摆在这里呢,当时买房的首付款都是从我卡上划出去的,一分不少一分不多,都是我出的。

——你扯谎!法官大人呢,你的眼睛可一定要擦得雪亮一点啊,天可怜见,当时说好了我们双方都向各自家里人借钱凑首付,说起来我凑的比她凑的还多两万呢!最后只是都汇集到她的卡上划出去了而已啊法官大人呢……

——你少给人家法官扯这些没用的！人家什么阵仗没见过，多大的妖精都能压住还能让你这种小妖给糊弄住了是吧您说？行，你非说你也出钱了，你有证据吗？有证据吗有证据吗有证据吗你有证据吗？什么叫口说无凭白纸黑字，什么叫抓耳挠腮满嘴胡呲？你得拿出证据来大知识分子！

　　——好了被告，你少说几句。原告，是否认可被告出示的证据——银行对账单。

　　——我不认可！

　　——有何异议？

　　——这对账单就是没有意义！

　　——我是问你，对这个证据，有——何——异——议？

　　——这对账单不能说明实际的情况啊法官大人！实际情况是我也跟家里人借了钱的呀法官大人，我二舅妈的钱我到现在好几年了还没有还清呢法官大人呀，一到逢年过节的我都不好意思回家吃饭呀我那个二舅妈，比我自己家这个婆娘还要刁的呀你是不知道呀法官大人……

——好了原告，那你是否有证据支持你以上的说法？

——哎呀法官大人，你是不知道呀我们家亲戚相互之间感情都好得很，哪有说借个钱还要签借据的呀法官大人，买房子的时候也没有想到有这么倒霉的一日呀法官大人……

——你给我把话说清楚了你还倒霉了我他妈的才叫倒霉了好不好！嫁你这个没用的窝囊废要什么没什么还一肚皮子花花肠子，就你那操行我早受不了了没想到你还抢先一步跑到法院来闹离婚。你凭什么啊你？你——也——配！法官我告诉你，今天你不许判我们离，你要是敢判我们离我就上检察院去告你去，今儿个谁也别想判我们离！

老娘就是要离婚,也得是老娘把你告到法院去,让你坐在这被告席子上再离婚。

——法官大人呀哎呀法官大人,你看看你看看,你就想想我每天过的都是什么日子吧法官大人。您今天别当您是公正不阿的包青天,您就当您是人道主义救援组织,快把我从水深火热里营救出去吧……

——你个脑袋让驴踢了的货,别以为我不知道你闹什么妖儿,你那点屁眼子心思老娘我门儿清。你不就是跟你们办公室那个小骚货还搞得不清不楚的吗?我跟你说你就是脑袋让门给轧了,你以为那小骚货真能看得上你?你们学校方圆百里的男的都被小骚货勾搭过了就你个空脑壳子还真上钩了。我也是替那小骚货不值当啊,玩儿玩儿就玩儿玩儿吧,现在眼瞅要砸手里了。你个一分钟就完事儿的软皮蛋,她要是真验货了还能瞧得上你?

——你少侮辱人！你你你你说谁一分钟就完事儿？！

——说的就是你啊，怎么着，就许你软还不许我说了？老娘我今儿个还就说了，怎么着吧？哦，也对，一分钟是有点说少了，细想想估摸也能有个一分半吧。

——我告诉你，你再这样侮辱人我就要到法院去告你诽谤罪！你你这个泼妇，眼里还有没有王法了！

——哎哟喂，您还要到法院去，您现在就在法院呢知道吗，怎么着合着您刚才一直都梦游呢？好，行，你说你能超过一分钟，那你现在给我来一个，现在！看看能不能超过一分钟！正好有法官在这主持公道！

——法官大人，我要追加被告一条诽谤罪！刚才她说的您都听见了，现场所有人都是证人，我要求追加被告的罪行！

"Duang Duang Duang"三声法槌。

——鉴于原被告双方对于本案所列证据仍存有较多疑问且有补充证据,现在宣布休庭,待证据补全后择期再次开庭。

——法官大人,法官大人,你可不能就这么走了啊!我这日子真的是一天也没法过下去了啊!

——叫什么叫什么!没看见法官都走了吗?叫破喉咙也没用!

——我冤啊……

——你行了,有完没完!回家!

——我不想回家!

——晚上包饺子,韭菜馅儿的。

——不加鸡蛋吗?

——可以加。

实 验

你说想聊聊,咱们就来聊聊眼下这事儿。

从哪儿聊起呢。就这么说吧,猛地有那么一天,我脑子就开窍了。

很少有人意识到,咱们所有人都生活在一场接着一场庞大的实验中。实验什么呢?实验人在没有饭吃的情况下会发生什么。实验最亲密的人之间相互叛离是什么样子。实验人在骤然之间由穷转富会发生什么。实验每个人最多只能生一个孩子会发生什么。实验每个人突然间又可以多生一个孩子会发生什么。实验每个人都生活在同样的困境和压抑中会发生什么。

你看到了吧。咱们的生活不过是一场又一场实验。特挠头的事儿是,实验开始的时候,没人告诉你这是一场实验,没人给你发通知单叫你签字确认,没人征得你的同意也没人在意你是否同意。更挠头的事儿是,实验结束的时候,同样没人给你发通知单叫你签字确认,只有实验的结果酝酿在你的生活里,改造着你的性格,影响着你做的每一个决定,甚至影响着你爸妈疼不疼你、你又爱不爱自己的伴侣这么具体的事儿。没人给你交代。没人支付你参与实验的费用,连句安慰话儿都没有。没人对你说一声,哟,实验失败了,不好意思哈影响了你的生活。

你说这都叫什么事儿啊。

一不留神又跑题了。简而言之吧,猛地就有那么一天,我脑子开窍了,悟透了这些道理。可悟透了又能怎么着呢?

我又不想出家，也不想当个让我爹妈伤心的不肖子，我也不想这辈子过得那么孤独。毕竟，我可是一个已经被种种实验影响过了的人。每个我亲身参与的或是我祖辈亲身参与的实验，都注定在我生活里掺和一脚意见，不是吗？

所以当我意识到自己不过就是个种种实验的产物以后，我的解决方案是，着手安排一些我自己想要做的实验。人嘛，被动着被动着就主动了起来，总是这么个道理。虽然那些比咱们大得多的力量，编排咱们的日子设计咱们的实验这些改变不了，至少，咱可以从拿自身做实验开始，争取微量的主动性嘛。我的实验内容比较庞杂，跟你一一展开讨论今晚就不用睡觉了。就，具体说说你我之间吧。

你大概也稍微感觉到了，我这人有点奇怪。但我骨子里不是一个那么各色的人，很多时候我不过就是坚韧不拔地践行我的实验内容。关于所谓爱情这件事儿，打小我就困惑一个问题。到底是什么，支撑着两个浑身都是缺点的人容忍彼此呢？这个容忍，到底有没有一个可量化的标准呢？如果有标准，那么这个标准是静态的还是动态的呢？是依人而变的，还是具有普遍性的呢？我就特别想弄清楚这个事儿。

现在也算是到了坦白的时刻，我就不遮遮掩掩了。我其实特别痛恨芒果的味道，但我总买给你吃，我就忍着钻心的反胃看着你吃，就像看你在吞一坨屎，等你吃完了我还强迫自己亲你。我就想看看我到底到了个什么份儿上就再不能忍了。我知道你最恨别人学你的四川口音塑料普通话，我就是故意天天模仿，尤其是在你心情不好的时候，每句话我都模仿，看你什么时候扇我巴掌让我滚。作为一个金牛座一想到钱我就两眼放光，但我总故意把自己的钱包放在明面儿上，让你随便拿随便刷。每次你轻飘飘地把我信用卡从钱包里抽出来，我都在脑海里把你按在钉板上用小皮鞭抽你。你不是最讨厌男的随地吐痰尿尿对不准马桶溅到地上吗？你都不知道我一个慢性咽炎患者为了能吐出痰来费了多少劲，以及我一个有洁癖的人得忍着多大的恶心把尿溅到地板上。但我还是坚持着做到了，毕竟，这都是为了实验。

如今，你我之间的实验接近尾声，我也算是得到了一些结论。鉴于样本量有限，我还不敢把结论下得太死，但总归还是走在逐渐逼近真理的路上。

我是个有道德感的人（不像某些人）。因此早先我便决定，在每次实验结束的时候，至少应该给实验对象发通知单。这是我能做到的改善整体实验环境的小小的个人努力。针对你的实验，截至目前，顺利结束了。如果你对实验结果有什么不满意的地方，还请你像对待其他实验方（没有廉耻的某些人）那样，多多包涵吧。

榴　莲

　　他睁开眼睛以后第一件事，是摸了摸自己的脸。是人肉，不是果肉。眼睛还在，嘴巴头发鼻子也还在。太好了，果然只是个梦呢。可是为什么张开了嘴巴，却拱出了一股榴莲味儿呢？明明很久都没有吃过榴莲了。妻子最讨厌的水果，就是榴莲。别说不让在家里吃，就是他自己买了在外偷吃，回家第一件事也是被逼着刷牙十分钟，还要用漱口水漱过才允许对着妻讲话。

　　想什么呢？妻子见他呆坐在床上，眼神涣散，便问他。

　　我梦见，自己变成了一只榴莲。他眨了眨干涩的眼睛，看着妻。妻的右嘴角立刻噘了起来，几乎拉到了鼻孔处，连手里叠睡衣的动作都凝住了。

你变出了一只榴莲，还是？

不是变出，就是我，本人，变成了，一只榴莲。他非常认真地解释着。梦里面自己被封在坚硬带刺的硬壳里头的画面仍鲜活地历历在目。

为啥不变苹果、香蕉、枇杷、柿子，非得变个榴莲呢？妻犹犹豫豫地继续叠着衣服和床褥，右边的嘴角仍噘着，放不下来。

你以为我想吗？榴莲的壳那么多刺，又硬，身体感觉一点也不好，可就是变成了榴莲。这种事儿，真是商量都没得商量。他忽然活泛起来，爬到了妻身边，按住妻叠衣服的手。

要是有一天你早上醒来，一翻过身，发现我变成了一只榴莲，你会怎么办？他紧紧握着妻的手，盯着妻始终放不下去的扬起的右嘴角。

我……妻想了片刻，忽然下定决心般，认真地回答他：我会把榴莲吃掉。

哈？他一下子松开手，整个人向后坐倒过去。妻的嘴角终于放了下来，冲他美美地一笑，好像对于自己给出的这个答案感到非常满意。

他起身洗漱、煮咖啡、做早餐，程序如每一日一样。但他的脑子里始终翻滚着的，还是关于变榴莲的事情。愈是想，愈是觉得妻的回答和终了那一笑，充满了鬼魅的含义。终于在餐桌前，还是忍不住去续上这话题。

你怎么能就把我给吃掉了呢？那我不就在你肚子里千转百回地搅烂掉，最后变成屎了吗？

哎，你怎么能这样想呢，那你还变成我的血液、营养和肌肉了呢。

可是我就消失掉了呀，我，我就没了呀！

怎么会没了呢，你就成为我的一部分了啊。妻大口嚼着夹着鸡蛋的吐司，理直气壮地回答他，仿佛他的回应是世界上最可笑的疑问。

他顿时感到手中的吐司砖石般难以下咽，杯中的咖啡也苦涩如尿液。没想到啊没想到，若是自己变成了榴莲，居然就会遇到这样的对待。

那你呢？妻忽然反问。

什么我？我什么？

要是我变成了一只菠萝，你会怎么办？妻咽下吐司，脸上带着挑衅问他。

他爱吃榴莲，却对菠萝过敏，哪怕只吃一小口，也会浑身发痒、喉咙肿大、呼吸困难。所以，妻偏要变成菠萝，而不要变榴莲。

　　对此他在洗漱和煮咖啡时早有腹稿,于是马上作答。我可绝对不会把你吃掉,我会在你腐烂前,种进土地里,让你得以成长,延续生命,直至长出新的果实来。

　　哦,那就是恨不得把我赶快埋掉。妻又捧起另一块吐司,送入嘴里。

　　哎呀,你到底有没有认真听我讲啊,是种下去,种!不是埋!

　　是啊,种下去,然后长出个新的小菠萝儿来,我变菠萝了你都嫌老的不好,要长个新的是吧。

　　你你你……简直无理取闹!他气得手都哆嗦起来,饭是吃不下了,咖啡也完全喝不下,直接站起身来,把杯碟碗筷统统丢进水槽里。妻倒是不气也不急,耐心地咀嚼着吐司和鸡蛋,安稳如嚼草进食的老牛。

亲爱的,你得回到元问题,懂么?回到问题的本质。妻一边嚼着,一边冲气鼓鼓换衣服的他说道。你这个问题的本质,是如果我们一觉醒来,发现对方变成了自己最讨厌的水果,会怎么办,对吧?本质,不是水果,不是变水果,是最讨厌。

听着妻的话,他换衣服的动作迟缓下来,扣子开始一颗一颗地慢慢去扣。

你说这影射出什么心理暗示呢?两人在一起生活久了,开始彼此厌烦了,怎么办,对不对?所以我才说,得吃掉呀。忍着多大的恶心,我也吃掉,对吧?妻嚼着吐司,右嘴角抽搐了一下,仿佛现在嘴里嚼着的就是榴莲。这样我们就可以重新融为一体了呀。

他整排扣子都扣完了,弯下腰在鞋柜里挑选皮鞋。

我不像你,就知道一埋了事。再说了,你有没有常识啊?

妻子吞咽了一口咖啡,声音忽然提高了一个八度。不管榴莲还是菠萝,直接埋土里只有一个结果,就是烂掉!

穿好皮鞋,他在柜子里挑出了一只大号的双肩背包,背上身。好嘛,知道啦,你说得对,我上班去了哦。他冲妻招了招手,出门前回身,给她飞过去一个例行飞吻,随后把门带上。

在电梯里,他把背上的包摘了下来,打开审视了一下包里的内部空间。嗯,蛮大的,放下一只中等大小的榴莲应该没问题。他拉好背包,开心地背回到背上。我倒要看看,明早你醒来看见一只榴莲躺在身边,到底会不会吃掉。哼。

一朝得解

"我确实很不满意这个时代。"他嘴巴里呷摸着一口酒,龇出大牙来对我说。"应该说,非常不满意。大街上所有人一边走着路都在一边低头看手机,没人抬头看我。也不怕撞电线杆子上,"他像个孩子似的噘起嘴来,"早年间可完全不是这样的,任谁见着认不认识的都要问个好儿。那手机里头到底都有什么好玩儿的呢?"我看着面色如肝的他,沉默地等着他说完。"什么都吸引不了这些人了,这年头儿。十次有九次,我把裆里那玩意儿掏出来,都没人抬头看,全都低头盯着自己手机。"他的脸上浮起真诚的失落。"也没人叫了,也没人跑了,也没人打了。你说说,老祖宗留下的这点儿疑难问题,还真是一朝得解了。"他使劲儿嘬了嘬牙缝儿,咽下去最后一滴酒。

独自吃饭的女人

周六晚上购物城里就是人多，餐饮这一层的店面里，几乎没有一家还能空闲出一张桌来给他。明明周末加班已经够辛苦了，他有些烦躁地嘟囔着逡巡在一家家餐厅门外，难道这时候还要饿着肚子回家煮方便面吃吗？生活还真是磨砺不尽呢。

第三次路过那家鳗鱼饭餐厅时，刚巧遇到一位客人结账离席，几乎要放弃希望的他立刻冲进店门抢占了这个难得的位置。空闲出来的位置在长条状餐桌的最边缘处，正赶着饭点儿，所有客人都只能被动接受拼桌。他正对面坐着一个二十六七岁的女孩。

他无法不被这个女孩吸引。不是因为女孩长得甜美,而是她的神情。女孩的目光沉重地下坠,砸在摆满各种调料瓶的桌面上。桌面似乎有个黑洞,她的双眼则是另外一双黑洞。她眼睛一眨不眨地盯着那片虚空,整个人的灵魂在两侧的黑洞来回拉扯,力量此消彼长,胜负未决。

肯定是遇到了什么事情。他细细咀嚼着鳗鱼饭,嘴巴里却没什么味道,注意力都集中在了自己对面的黑洞身上。现在是周六晚上,也就是说,要么她跟他一样,身处需要周末加班的行业里,要么就是来购物,饿了顺便吃饭。可她身边并没有任何购物袋啊,这是不是说明她口袋空空,逛街只能过过眼瘾?不对啊,这家的鳗鱼饭,最便宜的一客都要一百多,愿意自己一个人来吃,应该不至于太潦倒吧。

看来只有一个合理解释了。绝对是感情问题。他兀自点点头，艰难地咽下喉咙里哽住的饭，捧起汤碗喝了一口鱼汤顺顺气。不是刚被男友抛弃了，就是跟他一样，是个可怜的长期单身狗。大周末的，逛街都没个闺密陪着，可她不像这种类型。也许我应该跟她聊几句，问问她的心事，男人想道。尽管吃着鳗鱼饭就被拼桌的人搭讪实在是唐突，但让一个孤独的女孩子这样悲伤无助地坐着吞咽一客快要凉掉的鳗鱼饭，也不算什么绅士行为吧。众所周知，凉掉的鳗鱼饭只有一种味道，那就是凄凉的味道，裹着泥浆的肉蛆一般翻滚在嘴里又黏又腻又腥又涩的凄凉味道。

　　该以什么话作为开头呢？这是个问题。他又捧起汤碗来灌了一大口汤，暗自用汤汁在口腔里漱了漱，要是一张嘴就露出挂着鳗鱼皮的大板牙可不是个好开场。女孩仍死死盯着桌面那片虚空，她的眼角和嘴角都在被那方黑洞拖动着下坠，身体仿佛也在逐渐沉坠，看起来要是不赶紧拉一把，就要沉入地心里去了。

这样下去不行啊，必须要干预一下了。他放下汤碗，下定了决心。要以自我介绍开始吗？嘿，我是在旁边写字楼里上班的Jack，你好啊。会不会太直接了，显得轻浮。干脆单刀直入吧，你好，你看起来好像有心事，想不想聊一聊？这是不是有点太戳人痛处了，万一人家真的就是周末加完班了来吃饭的呢？他用力摇了摇头。不要想东想西了，我这不是为了搭讪一个漂亮女生，我纯粹就是为了帮助他人！好了，来吧，勇敢一点，来！

他微微张开嘴，"你好"两个字还没有吐出口，对面的女孩突然伸出了手，伸向了她一直盯视着的桌面那片虚空。他吓得立刻闭紧嘴巴。女孩从桌面捞起了一部大屏手机，手机上正在播放一部美剧。餐厅如此喧闹，他居然一直都没有听到手机发出的声响。女孩捧着手机戳来戳去，更换了一部热播综艺节目，随后将手机放回桌面，继续双眼失神地盯着那片虚空。

看个美剧就看美剧吧，干吗不戴耳机呢？人类的整体堕落就是从沉迷智能手机开始的。浪费了一客做得这么好的鳗鱼饭。果然啊，世界永远没有你所期待的那么神秘。这些念头不分先后主次地涌进他的大脑里。

他低下头，看了看已经彻底凉掉的剩余的半客饭。至少，现在可以安心地品尝凄凉的味道了。

无意义电台

时至今日，怎么还会有人通过打电话到电台来查询自己是不是交通违章了呢？这简直是对我国迅猛发展了十几年的移动互联网的伟大成就的巨大蔑视啊。他日复一日地坐在自己的 DJ 台前接听源源不断涌进来的电话时，总被这个终极疑问敲打着脑壳。人都说脑壳被敲打得多了就会麻木，可他偶尔还是能觉出疼来。疼的不是别人的蠢，疼的是自己的大好人生就这样消耗在无意义的工作上。

他早就知道，同事们背地里都称他是无意义电台主播之王。哪怕像他们这样的八线小城里的电台也有明晰的鄙视链。做新闻节目的看不上做音乐节目的，做音乐节目的看不上做情感节目的，做情感节目的看不上做广告节目的，做广告节目的看不上做性病专家节目的，做所有节目的都看不上他这个节目。他就是那个鄙视链底端的底端。有多底端呢，底端到他的节目压根都没有一个正经名字。对外，他的节目时段叫《电台帮帮帮》；对内，大家当面背后都叫他"小帮帮"。进台快十年了，小帮帮变成了老帮帮，可他仍然经常陷入不知道自己到底帮助了谁的虚无中。

《电台帮帮帮》这个节目，内容庞杂错乱，兼容并包，一句话，只要是群众需要的，就是他们乐意提供的。经过多年摸索，节目主要衍生出这么几个大类：帮人查违章，帮人找路，帮人找对象，帮人告白，帮人找保姆，帮人找牌友，帮人查天气。用他的总结来说，就是用一部手机就能解决的所有问题，人们特地消耗几毛钱电话费几毫安电量打过来找他解决。

好的,您的车上周在静岸路和人民南路交口违章停车了,罚款200元,没有扣分啊,不错很幸运,下次注意了啊,车子可不该乱停,妨害他人也未见得方便自己……到了下个路口往南走啊,再向东拐一点就到了,啊,不分东南西北啊,那这样,你面朝广播电台,往你右手边走啊,哦,不知道广播电台在哪里啊,就是那个屋顶上有个尖尖塔的那个很高的楼啊,啊对……您看,您不想找个二婚的,可您自己也是二婚啊,这样双重标准不太好吧,哦,您是丧偶不是离婚啊,这有什么区别呢?哦,您觉得区别大了……交通局人事科的王丽丽女士,张涛先生说你是他一生的挚爱,他已经认定了你就是他愿相守下半生的那个人,不知你怎么想……朋友们注意了,塔西小区二号楼六层的张先生希望寻找本小区志趣相投的牌友,他家有两台全自动洗麻机，香港进口接近九成新，麻将特地由成都邮购而来，手感极佳，求每日下午两点至五点的自由牌友，五点以后他要带孙子恕不能奉陪。

为什么不能在手机上下载一个导航软件呢？为什么不能打开网页搜索一下12123呢？为什么不能在小区里贴张纸广而告之找牌友呢？为什么不能发个微信打个电话给对方去告白呢？为什么为什么为什么！相比起自己主持的无意义，更让他脑壳疼的是这些他永远想不明白的疑问。不是人人都有智能手机这个道理他自然明白，不是人人都会上网这个理由他也可以接受，让他无法理解的是，在众多能够选择的求助方式中，那些人为什么要选择打电话到电台来求助于他。

如果说还有什么更令他痛苦的，大概就是他心里也清楚，正是这些巨量无意义的疑问支撑着他的工作和收入。

有朝一日，当导播台的电话再也不会响起的时候，就是他失业的时候了吧。有时他甚至觉得，也许他所有的听众私下组成了某个地下组织，这个组织的目的就是保证他不会失业，因此才会有源源不断的无意义电话涌入他的导播台里来。作为一个生活在鄙视链底端的人，居然得到了这么多无缘无故的爱和支持，还真是值得感动呢。

他还需要再多一点的时间（其实也不用多太多，只要比现在再稍微多那么一点点就够了），才会意识到无意义的意义所在。意识到无数人都在凭借着无意义的事物支撑着自己的生活。意识到不断重复着无意义的举动本身就是真理潜藏的方式。意识到无意义远比人们以为寻找到的意义更加重要。

不过在那多一点的时间到来之前，他依然困囿于自己的 DJ 台前，做着那个苦恼的无意义电台主播之王。

基因的光辉

最先只有个别跟她非常亲近的朋友意识到,她总是在下意识地模仿自己的女儿。女儿偏爱白色衬衫搭配深色西服裙装,她的衣柜里便多出来一排白色衬衫和好几条毛呢西服裙。女儿笑起来总发出嗤嗤的鼻音,她笑的时候也把嘴巴合上用鼻腔共振出嗤嗤的鼻音。女儿只吃白肉配蔬菜沙拉,她于是也不再碰一辈子最爱的红烧肉。女儿新剪了职场女强人式的利落短发,她马上去美发店剪短了自己保持了快二十年的中长发。现在两人就连说话的谈吐走路的姿势都一模一样。

多见爱模仿妈妈的女儿，倒少见拼命模仿女儿的妈。她的老朋友们嬉笑她，说她处处学小的，把自己捯饬得老来俏了要给谁看。她总嗤嗤地笑着回应，我女儿那么优秀，要是真像她哪怕那么一点点就好了。

不可否认，女儿确实优秀。从小被她一个人拉扯大，年年三好生，名牌大学跨国公司样样拿下，别说不比那些完整家庭的孩子差，就说是人中龙凤也不算夸海口。可优秀归优秀，老姐妹们常劝她，快五十岁的人了，打扮谈吐怎么能跟二十来岁的小姑娘一样。

你们懂什么。她嘴上不说，心里不屑。女儿熟睡时的侧颜像是夜里湖边的水仙花，在幽暗的卧室里发出淡淡的醇香的光。她可以盯着这束光连续欣赏好几个小时，在心底反复赞叹："我竟然生出了如此优秀的女儿，简直无法相信，我的基因居然还能发出如此的光辉。"

等到身边人全都发现这对母女就像同一款铸型器浇筑出来的时候，忙于工作的女儿终于对她的行为开始表达不满。"你这样子人家会觉得我是个就爱模仿母亲的妈宝啊，太影响我的形象了！"女儿生气的时候面部肌肉全部绷紧，会露出格外硬朗的颌部线条，鼻尖向上紧紧耸起。母亲被这由下颌至鼻梁形成的锋利而流畅的骨骼走势深深迷住了，难以自制地也绷紧了自己的面部肌肉，学起了女儿的样子。

渐渐地，大家都感觉这样诡异的状态持续下去可是要出问题的。只是谁也没想到会出"那样的"问题。女儿在一夜之间便决定向公司申请外派到国外总公司去工作，没几日便拎了个提包飞到伦敦去了。众人都以为女儿只是想暂时逃离自己母亲堪称倾慕迷恋的溺爱，谁知没过多久却看到女儿的前男友竟跟母亲出双入对起来。

男人怎么会放着水灵灵的大姑娘不喜欢，倒是更喜欢徐娘半老的母亲呢？老姐妹们吓得一个个掉了下巴。男人倒是理直气壮："她就像是成熟版的女儿啊，有她女儿一切的好，却比女儿更成熟，更有母性的光辉啊。"这理由听起来还真是叫人很难反驳。

至于她呢，又是如何接受这奇异的姐弟恋？女儿的愤而离国当然令她痛不欲生，但那都是她控制不了的事情啊。她唯一能掌控的，只有自己小小的生活而已。女儿留下来的一切都是安慰。

她这样宽慰自己："想想那根阴茎，也曾进入优秀的女儿的身体啊，这也算是我们之间的关联吧。"这样想着想着，日子似乎就变得没那么艰难了。

有儿有女

大年初一的早上,天刚蒙蒙亮,全村的人就都知道了。村东头老李家的大儿子,实际上应该是老李家的大女儿。这个令人震惊的消息是老李家的二儿媳妇抖搂出来的,大伙儿估摸着是为了报复去年底老李家分宅基地时多分给老大家三亩,二儿媳妇心里不得劲了。村里所有人既感到震惊,又对老李家二儿媳妇的话深信不疑。一来这是人家屋里头的大事儿,定是不会乱讲的。二来这么一说,好多事儿都得到了解释。

嘴碎的娘儿们家和兴奋的男人们在晨起的炮仗声掩护

下，家家户户串起来，或是掩嘴小声嘟嘟着，或是借炮仗壮胆儿大声咧咧着。"我就说的嘛，往日七月天儿晒得地都冒油了，所有小子都脱精光在河里泡着，就老李家大小子不下水，闹了半天就是这么回事！""怪不得总觉着那小子娘儿们兮兮劲儿的，走路说话倒像个爷们，不知怎么就是透着骨子娘儿们兮兮的劲儿，搞半天就是这么档子事儿！""小时候大伙儿都拎着鸡子儿滋蚂蚁玩儿，就老李家小子不滋就看着，那时候还以为他真没尿，原来是因为真没鸡子儿！"

全村的人都起了床，知道了这件事儿，可老李家还没动静。没人起早儿煮食，没人放新年炮仗，就连场院门儿都紧紧闭着没有开。大家愈发确定了这个事。

等到闲话儿脏话儿唠够了，疑问开始像大铁锅里煮沸了的水似的一个个冒出泡泡来。首先的疑问是，那这事儿老李家大儿媳妇知道吗？连二儿媳妇都知道的事儿，大儿媳妇能蒙在鼓里？更吓人的是，都二十来年了，全村人就没一个发现老李家的大小子不是大小子是大女儿吗？这简直太吓人了。

人们开始努力回忆二十来年前老李家大小子出生那日的情形。他家大小子是在老李媳妇娘家生的，村里人只在生产当日听说生了个大胖小子，纷纷吃了红鸡蛋，并没见着胖小子人影儿。待到老李媳妇出了月子，抱着大小子回了村里，才有人见着孩子面儿。

回忆到这里开始分了岔。老王家媳妇一口咬定自己抱孩子的时候还掏出小鸡鸡逗弄了半天的，老李家二儿媳妇肯定是恨哥哥一家占地多了才跑出来胡咇。但老孙家那口子却说每次去看孩子时老李媳妇都抱得死死的不撒手，绝没可能被老王家媳妇掏了鸡鸡玩儿。怪不得死不撒手，那就是怕叫人戳破了。

还没到晌午，关于老李家的剧情已经编出来上百套了，人人都觉得自己的推测更有理。老李家的场院门还是没有开。有不要脸的扒着老李家墙头往里瞅，非说在大儿子家东侧房里看见有俩娘儿们搂在一起包饺子呢。这肯定是眼瞅着事情败露了，索性一不做二不休干脆现了原身了。一听这，又有几个不要脸的去扒老李家墙头了，可又没人再看见东侧房里有俩娘儿们，窗帘子遮得严严实实呢。

先搁下这事儿究竟是不是真的，似乎没有人好奇老李家为什么要这样做，大家只好奇他们是怎么做到的。怎么就能瞒住这些年，连户口都上成了男子。怎么就能装得那么像，任谁也没能看得破。怎么就能糊弄住不呆不痴的大儿媳妇，让她安心情愿跟着过日子。这大儿媳妇虽不能硬说算美，可也绝不算丑的。他们俩还是自由恋爱，不是家里拉郎配。要说这些年日里,村里过得恩爱的小夫妻,还就属老李家这一对儿了。没人好奇老李家为什么要这样做,大家只好奇他们是怎么做到的。毕竟,若是有儿谁想要女?哪怕是装的呢,只要装得像。

到了快吃晚饭的时节,老李家场院门终于打开了,二儿媳妇肿着眼角儿嘴角儿走出来淘米洗菜。好事儿的人过去拉扯她,二儿媳妇敞开嗓子冲外嚷嚷,你们都别瞎咧咧了,我说的是我们家老大性子软做不了媳妇儿的主,比娘儿们还娘儿们,不是你们瞎鸡巴传的那些。凑在老李家门前的人于是三三两两散了,大冬天怪冻人的。

等到院门前人散尽了,天也黑得透透的了。老李家院子东侧房里晃出俩人影来,在场院儿正当中摆上一排一万响的鞭炮挂,一个点起烟来递给另一个,另一个又推回给头一个,头一个再推给另一个,另一个于是吸了两口蹲到地上,把挂点着。大鞭炮叽哩呱啦地叫起来,向外四处蹦着,老李家场院里外都被炸得透亮儿。

性本善

一条长约十厘米的蚯蚓蠕动翻滚在邻居家六岁小男孩手里狠狠捏着的细木棒底下。是小男孩焕发着异样激情光芒的脸庞,而不是那条垂死挣扎的蚯蚓吸引了她。她放弃了自己日常散步的路线,轻声闲走到小男孩附近,观察他胖乎乎泛着油光的兴奋的脸。小区的土质不错,蚯蚓生得肥大,几乎有男孩手指粗细。男孩沾满泥土的手指,枯干的细木棒,无声扭动着的褐色蚯蚓,颜色质地愈发接近,纠缠得不分彼此。

蚯蚓被木棒牢牢碾住的那一截肉躯很快断掉了。她心里缓缓松了口气。男孩却并没有就此结束这个午后的消遣。人类世界轻折即断的细棒在软体动物世界化为铡刀，蠕胖的蚯蚓旋即被铡成十几块肉段。男孩抹了抹沿着小寸头发顶顺流而下的汗液，完成了一项重大事业似的长吁出一口气。他从层叠褶皱的衣袋里掏出一只毛茸茸黄澄澄的小崽鸡，把崽鸡放在肝脑涂了满地的碎蚯蚓面前。小崽鸡实在太小了，该是还没出壳多久，跟跟跄跄地在地上不知所措。男孩捏住小崽鸡的头向着地上的蚯蚓硬按过去。原来他只是想给他养的小鸡崽喂食啊，她心里这样想着，心头稍微舒缓了紧张。

  强按了几下发现小崽鸡不会自己啄食，男孩左手握住小崽鸡，右手从地上拾起了一截已经不再蠕动的蚯蚓，向小崽鸡嘴里用力塞进去。她实在看不下去了，准备走过去阻止小男孩，告诉他小崽鸡不是这样养的。现在城市里长大的孩子啊,饲养小动物的经验真是匮乏得令人发指。一条腿刚拔地而起,她便被面前的景象惊得僵在了空气里。小男孩猛地将小崽鸡摔在地上,拾起脚边的一块大石头,啪一下将小崽鸡扣在石下,扣完了还用力碾了碾。

大石头抬起来,地上仿佛一摊抽象画色盘,红红黄黄绿绿棕棕。男孩好像对色盘的色度或混合度尚不够满意,手起石落啪啪啪又是几下,直到色盘里的各种色调逐渐融合,色度也更鲜艳了,他才放下了石块。男孩在绽开了一地的色盘里东挑西拣,终于选出一条他感到满意的色块。红的鲜艳,黄的饱满,棕的透亮。色块被他拎在黑乎乎的手上,还在向下滴答着红,飘落着黄。

男孩拎着这条一路掉着颜色的色块,站起身向小区绿化带的小树林跑过去。他一边小跑一边咯咯地笑着,不时冲着树林发出喵呜喵呜的召唤声。这片小树林是小区里所有流浪猫的庇护所，总有大爷大妈在这里给流浪猫喂食，这些猫都是不怕人的。很快就有一只小橘猫被男孩的声音或者是被他手里色块的气味所吸引，向着男孩溜达过来。男孩蹲下身子，把色块放在小橘猫的鼻子底下，橘猫闻了闻，走开几步，又回身过来再闻了闻。男孩忽然失去了耐心，黑乎乎的手爪子腾地攥住了小橘猫的脖子，把它的头向地上的色块猛按过去。

她惊慌失措地逃出小树林，差点被树林外那摊黏糊糊的色盘给滑一跤。食物链总是环环相扣，她惊恐到干苦的嘴巴里涌出阵阵腥味儿，像是有人塞了猫肉进去。当然，一个从来没有吃过猫肉的人是不会知道猫肉该是什么味儿的。比起这腥臭的口感更令她心悸的，大概只有自己的肉该轮到谁吃这个问题了。

不完整先生

他出生在一个由强迫症患者组成的家庭里。妈妈需要家中每件事物都各有其位绝不允许发生丁点错乱，就连空气分子都要每天按照同样的顺序进行排列，否则不被允许吸入肺中。爸爸要求每个人说出的每句话都必须含有完整的主语谓语宾语，矫情无谓的形容词和不必要的过长定语都是要被吊死的敌人，语气词的单独使用是造成这个国家的文化面临崩塌的罪魁祸首。姥姥每天要把333颗瓜子仁用手指甲最顶端的尖锐部分从瓜子壳里取出，用舂子舂成每粒大小不超过0.3毫米、正负偏差不得超过1毫米的碎渣泡水冲服用,这是她不可告人永葆青春的秘方。爷爷每天从脚落地的那一刻起,左脚迈出的步数必须与右脚相同,左手摆动的频率必须与右手一致,左边腮帮子嚼东西的次数必须与右边腮帮子等同,否则他的精神就将因陷入左右互搏的混乱而倒地不起。

可以想象,他从小到大的生活,被家人安排得井井有条,充满秩序,相当完整。那么也非常可以理解,当他终于脱离了这个家庭,得以掌握自己的命运之后所做的第一个重大决定,便是决心在自己此后的一生中,都要做一个不完整的人。

无法忽略的是,他这个重大人生决定对他身边的人的影响是巨大的,甚至可以称得上是困扰。他绝对不会真的去伤害他人,尽管围绕着他行为举止的一切不完整性引发了他人的种种不适,但那些不适都基本摆荡在"不值一提"

和"能够原谅"的维度之间,使人总是隐约感觉如鲠在喉,却又无法过分指责。只是,但凡稍微有心的人,都能感受到他在其中获得了非凡的快感。

他写内容永远只有一半的便条,留下总是未完待续的留言,做持续无法到达高潮的爱,讲没人能猜得到下半句是什么的上半句话,在聊天正在火热时戛然而止,爬山爬到一半坐缆车下山。

所以说,当他成为一位作家时,他身边仅存的屈指可数的几个朋友都在猜测,他是不是打算将那委身于他脑海深处不可说的隐秘辐射向更多的人,获得如绽开在太空里的烟花般的快感。朋友们暗中啧啧喃喃,哪有什么读者会像我们这些朋友这样忍受他的怪癖,这是不可能成功的路。不过他非要走走也好,说不定写作可以成为疗愈,治好他那些偏执的小毛病。

让所有人大跌眼镜的是，他竟然获得了成功。那些从来没有结局的故事，到达不了高潮的段落，被悬置在半空的人物，竟然获得了人们前所未有的追捧。人们不是应该最恨这样的作家吗？谁想要去看讲到一半的故事啊。那简直比虚伪造作的臭捧书评和大话连篇的没脸腰封更加不道德。就连他的爸爸都拒绝相信儿子能靠这些狗屎晋身知名作家，都是些什么玩意儿，爸爸愤怒到连看着他的书皮都觉得干扰了自己对世界的纯良感知。简直生了个一肚子坏水的家伙，他这就是故意的，爸爸补充道。和爸爸感到同样困惑的还有各路评论家，以及坚持写作完整故事的众多作家。这些人的困惑和亿万粉丝的爱，对他来说都是一样的。

"这些家伙，"他喜欢在浏览着网络上与自己根本不相识的人们为他吵群架时喃喃自语，"怎么想不明白呢，人们的生活，已经再也不可能完整了，何况——"他一边自言自语一边笑起来，"更重要的原因是……"

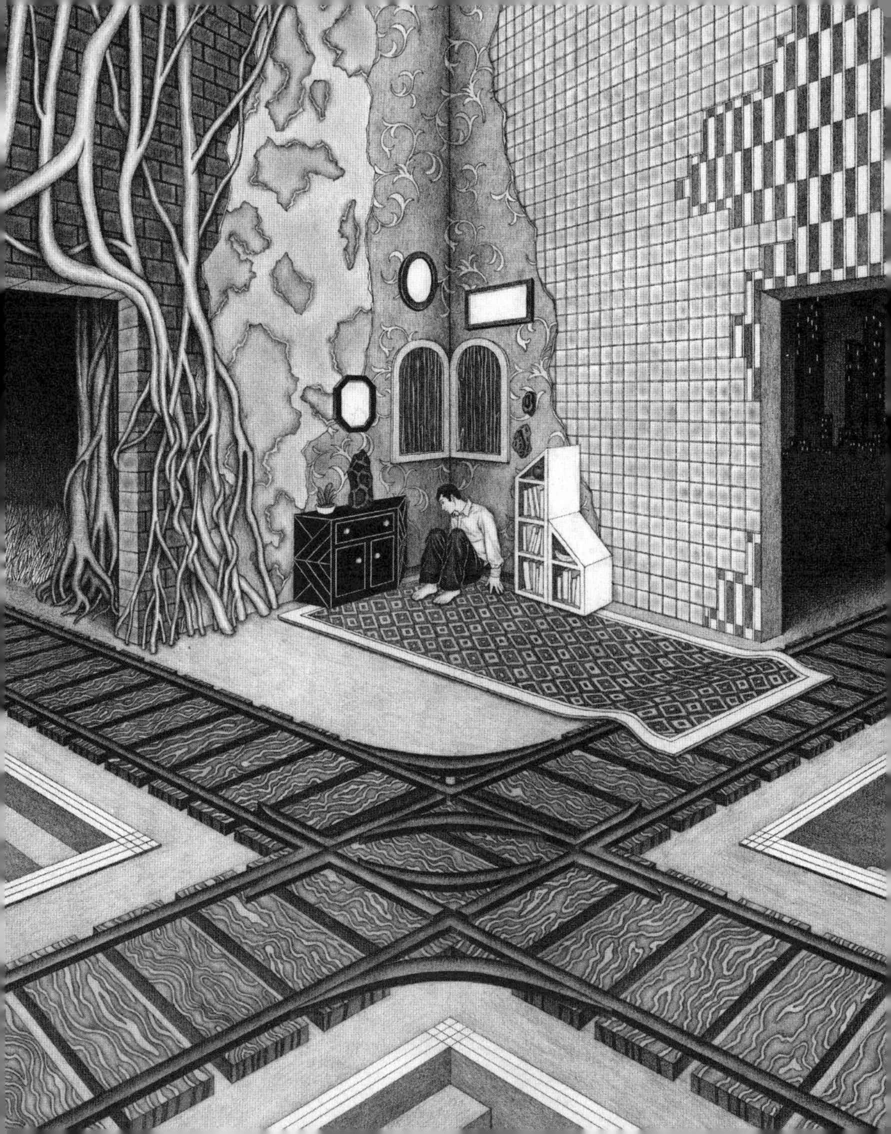

梦行者

距离她发现爱人装作梦游已经有一段不短的时间了。她一直忍着没有把事情说破,除了爱人的表演技巧越来越高超很难抓到破绽以外,也是因为她始终认为即便是伴侣之间也应保持起码的体面。

爱人晚上会梦游这件事,在他们确定了关系同居以后,很快就被她发现了。她睡眠很轻,身旁人翻身声音大了些都会将她惊醒,更别提睡着睡着爱人猛地坐起在屋中四处游走了。第一次目睹爱人梦游症发作时,她吓得叫出了声来。叫声没有对爱人的行动有任何干扰,男人仿佛一台设定好程序的机器般，生硬地走动到客厅里，熟练地点燃烟抽起来，一边吸烟一边打开冰箱抓出苹果来啃。烟抽毕，苹果也啃完，男人若无其事地走回床上翻身躺倒。第二天醒来，昨晚发生的事自然是一点也不记得。

爱人向她坦白，从青春期便开始出现的梦游症，医生曾说成年后大部分人不会再发作，可他却始终未能摆脱。爱人还说，发作的原因也许跟幼时父母管教过严、生活气氛压抑有关。男人眼中的泪光和恐惧让她感到无限怜惜，她又怎么能因为这一点"小事"而狠心抛弃爱人呢。

大半夜里感觉到有呼吸喷在自己脸上，一睁眼发现居然有颗人头浮在床外边，尖叫后发现是爱人正蹲在自己床头；睡着睡着闻到一股浓厚的调料味，走到厨房发现爱人正用陈醋、老抽、辣椒酱、橙汁、啤酒和沙拉汁调配梦游鸡尾酒，边调边举到嘴边咂品着味道……尽管这些时不时发作的"小事"令她深夜里心惊胆战辗转反侧，然而在现在的婚恋市场中找到一个各方面都相配的对象，难度是何其高啊，这足以令她咽下这些小小的不圆满。

她第一次发觉爱人装作梦游已经是半年前的事情了。

爱人坐在电脑前噼里啪啦地敲着键盘。此前也有几次，爱人会在梦游时打开电脑发些写满了错乱词句的邮件，或是在他常逛的论坛里写不知所云的帖子。可那一夜，她在半梦半醒中分明听到，爱人对着电脑发出了吱吱的轻微笑声。她悄悄从床上爬起来观察，看到浓黑的夜色中，幽蓝的电脑屏幕发出的荧光照亮着爱人涨满笑容的脸庞。她一下子醒了。为了照顾好梦游中的爱人不让他受到伤害，她曾咨询过医生，梦游中的人通常肢体和面部肌肉僵硬，并且无法对外界环境做出应激反应。她忽然间意识到了什么。第二日家里收到了已经付过款的限量版跑鞋，拆开盒子的爱人无辜地嘟起嘴，哎呀我怎么又在梦游时干这样的傻事。她不动声色地说，连梦游都没有记错鞋码和你最爱的颜色呢。爱人脸上的愧疚简直真诚到让她怀疑自己昨晚是不是看错了，他就是在梦游。她只好软下来说，那就留下来穿好了，反正也无法退款。

为了验证爱人每一次夜行究竟是真的病症发作，还是假装梦游实则表演，她开始在每次爱人半夜从床上爬起来时悄悄观察他。她总结出了一套简省有效的判断方法。当爱人在梦游时，她装作惊醒，大叫一声，如果爱人没有任何反应，继续僵硬地行动，那就是真的在梦游。反之，则会产生轻微的身体反应，肩膀抽动一下，或是动作停顿片刻。然而很快，就连这些轻微的身体反应也观察不到了，爱人似乎看破了她的意图，适应和调整的速度惊人。

她陷入了深深的郁闷中。静谧幽暗的夜晚成了两个原本应是最亲密的人斗智斗勇的战场。最难的是，这种战役还不是战死对方即胜的那种，伴侣之间战死对方对彼此能有什么好处呢？分寸极难把量。好多次她想说穿的话都顶到了舌头尖，又就着口水咽了回去。爱人每次深夜翻身起床，便吹响了两个人各自表演见招拆招的响亮号角。一个游走在黑暗中行迹和目的莫辨，一个辗转在床上不断偷窥和揣测。

令她最郁闷也最不解的是，爱人到底为什么要装作梦游呢？最开始她判断爱人在做他自己不喜欢做的事情时是真梦游，而做他本来就喜欢做的事情时则是假梦游。然而这个判断禁不住考验。她发现爱人常会在真梦游时打电子游戏，在假装梦游时掏出冰箱里他闻都闻不得的榴莲大口啃食。

医生对她讲过，梦游中的人并没有真的在做梦，反而大脑非常活跃，同时却也睡得非常死。她一直无法理解这句话究竟是什么意思。梦游并非有梦，活跃而又不清醒。这简直是哲学领域的问题，而非生活中能够处理的日常。她唯一关心的问题，是她到底该不该唤醒一个（不管真假）梦游中的人，又如何唤醒。尤其是如果对方并不情愿被唤醒，那违反他的意愿唤醒他，是否就像逼良为娼一样可耻。这些疑问如枯枝蛮缠在她的脑袋里，茂盛时会钻出脑壳来缠住她的身体手脚。

总有一天我要说破的，大家必须直面这个问题。夜幕降临时这样的念头一次次从她心底浮出。其实真真假假又如何呢，不过是些小事，日子过好便是真的好了。早上爱人做好早餐温柔地唤她来吃时，这样的念头复又将前夜的焦虑压下去。

她还需要更多的时间，才能想通夜晚游荡在睡不着的自己身边的夜行者,对她究竟意味着什么——虚拟的梦境和模糊的现实之间属于她的那个摇摇荡荡的位置。在那之前,日与夜之间的角力如潮汐,刷洗着她的情感和理智。

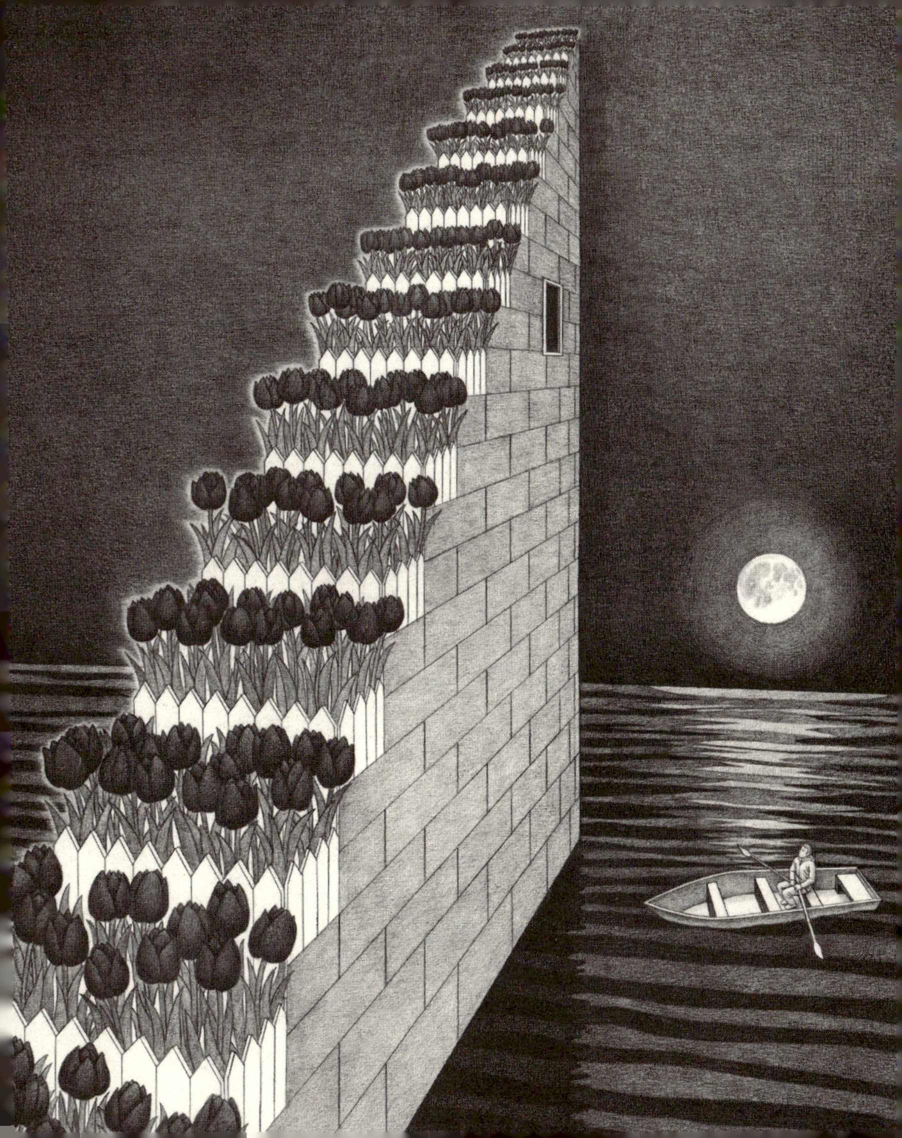

Rooted, Flow

　　我在飞机上追逐着白昼,她在梦境中追逐着我。身体持续丧失时间感的副作用之一是,我的梦开始自己对自己进行剪辑。剪掉所有可能威胁到她确定性的桥段,剪掉云海中紧追不舍的相互试探,剪掉我腾空几万里飘浮如萤虫的片刻迷幻。接上一层又一层她变化多样的脸。接上味道咸腥撩人心弦的对白。接上飞机如落叶般失控跌向大海再如落叶般轻轻触地的画面。每天的梦,都与前一天的稳稳衔接,它们现在是不管再高明的编剧都无法剪得断割得开的长篇连续剧。没有,没有,没有人能再加得进去哪怕一句话、一个词、一个笑、一声叹息。

她从我飘浮着的床底下顺着栏杆爬上来,每一步都踩得极为慎重。用力掰开的脚趾慎重,第一下舔舐慎重,拨开我出汗黏在一起的发丝也慎重。一切似乎都慎重得过了头,令她的唾液黏稠而气味浓郁,厚厚地裹在我的眉骨和脸颊上,乳香和青草和鱼腥和我的汗臭搅和在一起,酝酿着她用舌头给予我的气息馈赠。我颤抖着捧住这馈赠。

我的梦不要给你吃。她没有张开嘴说话,她的嘴正用力啃咬着我的,她的话却一个个字挤进我的身体里。但我要吃掉你的梦。吃掉,好吗?吃光,吃尽,牙齿把呼吸咬出了血。吃吧,请务必尽兴,不要放过任何细节,软的吸硬的嚼韧的撕把所有带棱角的尖货丢进破壁机里打碎了喝干净,有一点碎片留下来都会让我歇斯底里地绝望。都是你的了,好吗,姐姐?请务必。尽兴。不要叫我姐姐,太色情了！她用尽力气扇了我一巴掌，身体迅速瘫软倒向了床上。我用嘴唇裹住她脖子上静脉的青色河流，舌尖随着河水的流淌游向四面八方，水滴在流动中一点点膨胀，死命撞击着快要锁不住它们的轻薄堤岸。我爱你的锁骨姐姐，它们太美了，露出的乳色光芒是能射掉太阳的锋利弓箭，我可以就这样舔着舔着舔着它们直到我的舌头变成一块化石。还有你的嘴唇姐姐，它们夹住我就好像捕兽夹钳住了猎物，哪怕断肢舍命也再逃不掉了姐姐。这么软这么甜的舌头，变成化石多可惜啊，还是留给我吧。她的舌头在我的口里重新活了过来。再没什么多余的话需要说，我们掌握了彼此的语言。她分开的脚趾一枚枚插进我脚趾间的缝隙，摩擦出金属迸裂的尖利声音。我爱你的呻吟姐姐，没有任何其他的音符像你的呻吟那样从我的耳朵里皮肤里血管里毛孔里钻进我的瞳孔里。我现在是火眼金睛了姐姐，你看，我的瞳孔，它们在烧。我看不到，她说。我看不到，我的瞳孔它们也在烧。我看不到。她用尽力气又扇了我一巴掌。随便你叫我什么好了，可不要指望我叫你妹妹。她的身体一瞬间柔软得一塌糊涂，从我飘浮着的床上慢慢浮起，像一只渐渐充满气的氢气球，我的手指还深陷在她体内，随着她一同拔地而起。

我们的身体裹荡在云河雾海中，哪里有闪电她就带着我向那里飘过去，哪里有雷击她就拽着我奔那里冲过去。光伏声波轮番激烈刺入她和我的身体，穿过我身体的变得愈发刺耳灼目，穿过她身体的却在她体内找到方法平息了下来。谁能想得到呢。当我们终于落地，却发现地上的风暴竟胜过天上的。

你把我们带到了海边，姐姐。狂烈的海风吹散我的嘶喊。不，是你把我们带到了海边。她笑起来，湿润的手指轻抚我的嘴唇。海面渐渐堆覆起水的砖石瓦块，一座座暗青色的晶状城堡瞬间涌起复又坍塌，骇浪卷走天空中几乎所有的空气，只有她呼出的气息不断补充进我的身体里维持着我激越的胸腔泵送。她把湿润的手指插进我干涩的头发里，舌尖吐出的话伸进耳道中舔舐着我的鼓膜。创世纪的梦，你是会做创世纪的梦的人啊。姐姐，什么是创世纪？你啊，你就是创世纪。我紧紧拥抱住她的身体，灼热的温度把我们焊接在一起。皮肤渗入到对方的血管，肌肉根根混杂包裹住对方的骨骼。她的双腿用力缠绕着我的身体，嘴里呼吸出色彩斑斓的声波。我的舌尖在她的肩背脖颈腹乳四肢上演奏着，勾舔到不同位置，她便呻奏出不同的音响。肩胛骨上翘翻露出的暗影是 do，脊柱向下延伸到尾椎是 re，一圈圈旋转滑向肚脐的中央是 mi，边缘漫射如沙滩般散开拱出颗粒的乳晕是 fa，潮润濡湿向内凹陷的膝盖窝是 sol，脚底板连绵一团指向心肺脾肾的反射区是la，昙花似的层层绽开耸立出珠峰的阴蒂头是xi。do-do-mi-fa-re-sol-do-la-la-mi-do-re-sol-xi-do-mi-re-sol-la-la-fa-xi-xi-xi-xi-xi-xi-xi-do。姐姐，没有比这更好听的音乐了，我的耳朵也再听不进其他任何旋律。不行，这不行，我也要听你的音乐，给我打起精神来我也要听你的。她把自己一点点挤进我的身体里填满每一缕缝隙，我的皮肤震颤出弦音，发丝叩响空气的铃鼓，肋骨拨弹出低重的贝斯，然而嗓子仍是干哑的。这样更好这样最好了，她的话音自我的身体内部传来，这样最好了胜过所有能被耳朵捕捉到的声音。姐姐你身上进出的蓝色火焰像足了一个完全的女人，你用这蓝色灼伤我的时候像足了一个完全的女人。呸，你才像，你才像足了一个完全的女人。完全有什么不好的吗，姐姐？我不要完全，我要永远还差一点点。那好，永远还差，一点点。

海边，荒野，地铁，车厢，云间，便利店，黑夜，草坪，我们这是要去哪里呢？毫无疑问我们正一步步靠向某个地方。到了那里以后会怎样呢？我们。我们？从何时开始变成"我们"的呢？从一开始吗？你向着我走过来的一开始，你笑着对我说"嗨"的一开始，我控制不住自己触碰到你发丝的一开始。不重要。因为永远还差一点点，永远是最好的。

还差一点点。剪接上你结实又脆弱的乳头刮擦着我结实又脆弱的额头剪接上花园里的大橘猫发出惊悚细长的浪叫剪接上我从你的泪沟你的眼眶你的瞳孔舔得清数目的坚硬睫毛剪接上你用力按住我的头让我的唇舌离你的泉水靠近一些再靠近一些剪接上低缓的群山非常多的隧道然后是平原路边是白杨空气变得干燥剪接上你牙齿敲出哒哒哒哒的节拍经由我的颅腔传入两个人的脑电波剪接上我的手指在你的肌肤里飞跃奔跳乱目狂舞的步伐剪接上试图跨越时间和空间去承受的火的试炼剪接上你兴奋到极点嘶喊着漾出泪水漾出口水漾出河水漾出冰川水漾出海水淹没一切剪接上蓝色的火焰和红色的火焰融为一体转化出那纯粹的紫色剪接上通体紫色的你翻滚在以我身体铺垫出的道路上滚滚向前焚烈所有阻碍剪接上，还差一点点。

Part Three

口技表演者

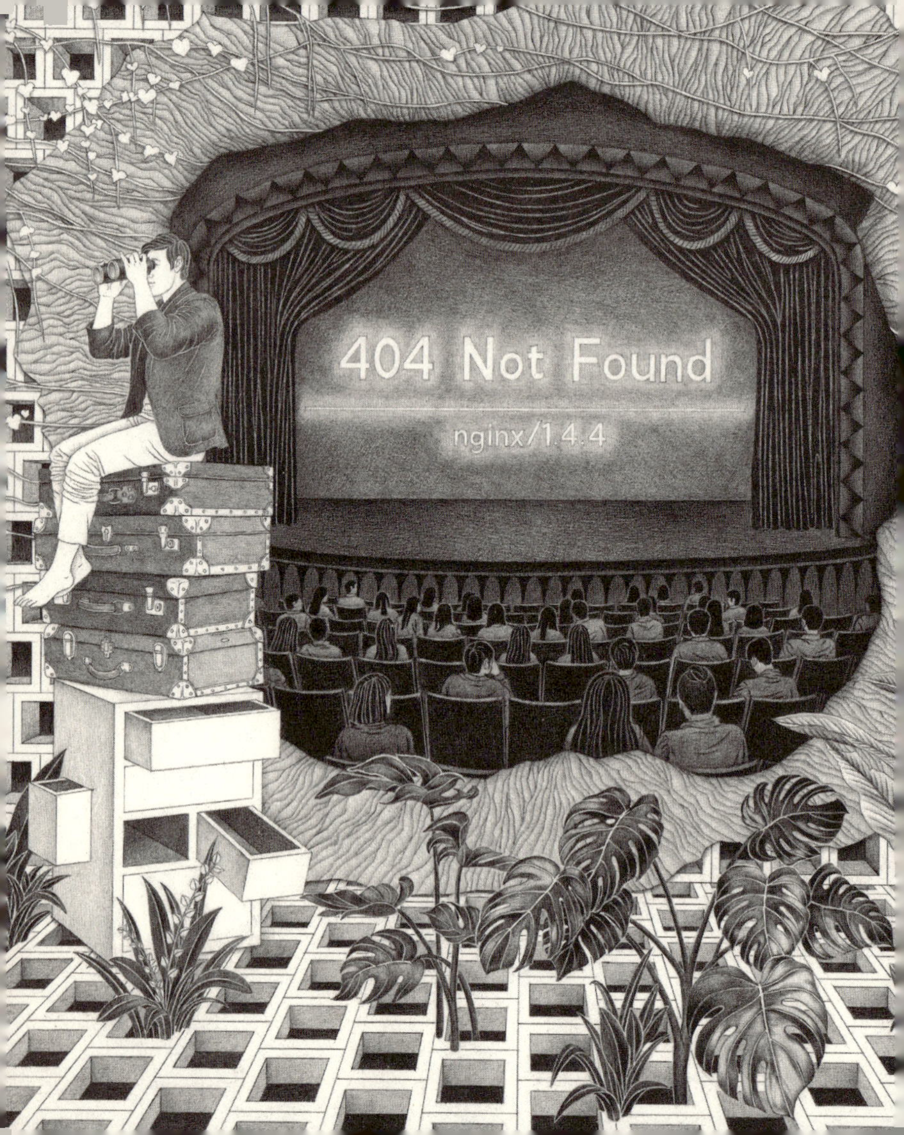
404 Not Found
nginx/1.4.4

首　演

真是一场飓风级别的灾难。

女一号 A 因用错了眼药水而泪流不止，双目失神，浓重的眼妆早已蹭花，左眼半根指节那么长的假睫毛也不知所终。台下的观众已经开始夏夜蝉鸣般窃窃私语，讨论为何女主角的左眼看起来像是被人打了一拳，为何女主角跟人打个麻将也哭，喝个咖啡也哭，倒在偷情恋人的怀里也哭，手刃仇敌也哭。男一号 B 不敢放开步子走路，时刻夹紧自己的屁眼儿，右手克制不住地动不动就要捂住下腹，害得观众提心吊胆，担忧男主角随时可能从裤裆里掏出一把手枪指向偷情的女主角。没人能理解 B 作为长期慢性肠炎患者为什么会在首演之前大吃重庆火锅。女二号 C 自打进了这个剧组就被 A 当成小碎催不停使唤，早上买咖啡中午帮端饭晚上开车送回家还要忍受每天接受 A 的表演指导，哎呀你这个眉毛扬得不太对这时候要的是霸气不是骚哎呀你这个小碎步走得真够呛现在你是要抢男人不是要送葬哎呀你这个台词气口留得可真成问题我听着都要喘不上气来了。什么叫不是不报时候未到，C 对老祖宗这句话有了全新的理解。成功偷换了 A 的眼药水的 C 扬扬得意气贯长虹，喷射机似的台词射入空中分外响亮，麦克风劈了七八回，刺耳的机器轰鸣声萦绕着整个剧场。男二号 D 早就看不惯 B 那副惺惺作态的假样儿了，人前就爱大谈自己对斯坦尼体系的深入探索、自己作为体验派演员是如何进入每个刁钻的角色，人一散了就叼根儿烟歪着脖子评价到底 A 的胸更大还是 C 的屁股更翘你说谁是死鱼型谁才更会叫。现在可倒好，自己吃火锅吃得拉到腿软也就算了，还不停冲着 D 放臭屁，极大影响了 D 的发挥，酝酿半天说出来的情话都裹着一股屁味儿算是怎么回事！简直叫 D 忍无可忍。借着角色的调度，D 一个结实的大巴掌冲 B 呼过去，B 被这一巴掌拍得眼冒金星茫然无措当时台词就从脑袋里飞走了一大半。这大巴掌之响亮令全场为之动容，A 暂时停止了哭泣 C 暂时停止了咆哮就连 D 自己都被自己给吓到了。整场演出中最真实最具感染力的一刻出现了，B 瞪着 D，D 看着 A，A 盯着 C，C 望着 B，十足的张力令观众完全感受不到沉默的尴尬，也意识不到演员忘词，直到 B 夹着屁眼儿冲 D 扑过去，把憋了半天没憋住的愤怒和臭屁一起发泄到 D 身上。灯光师 E 熟练操控着场上的每一盏灯，不管场上演员如何失控，只要把控好灯光就把控好了节奏和氛围。E 的灯光技术巧妙熟稔无可指摘，恰到好处地在每一次演员 F 登台的时候都能让 F 脸上那一圈暗下去，保证观众一整场看下来都看不清楚 F 到底长什么样却又不会觉得别扭。F 这小子太过见人下菜碟儿，在剧组里见着谁都点头哈腰喊老师前辈哥哥姐姐，唯独见了技术人员便挺直了腰板儿喊着哎哎那个谁。我呸！就连导演见了灯光师也要低个头仰仗灯光师控制节奏你给我来个那个谁！行吧，就让你见识一下那个谁的能耐！音控师 G 在这方面想得就要比 E 开得多，确实，咱们搞技术的成天躲在黑咕隆咚的角落里东敲敲西按按，没有台面儿上的人耀眼那不是必然嘛，不必太在意。G 就从来不会施用"私刑"处决对他不敬的演员，最多嘛，也就是施以小小的"惩戒"。比如对于中午刚刚因为谁拿了谁的盒饭跟 G 顶过嘴的演员 H，每次轮到 H 要讲台词的时候，G 都把 H 的麦克风延迟几秒点亮，以至于 H 的每句词观众都只能听到后面一半,至于前面一半说了什么,全凭观众脑补。如此"小小的惩戒",已经足够让 H 领悟到自己的问题所在,相信以后也能老实做人了吧。不知道本剧的导演 I 坐在台下观赏这场大型失控时作何感想。哦,我说的不是形而上的不知道,是真的不知道。因为导演 I 开场不到十分钟就被从国外远道赶来参加首演的编剧 J 给拖出剧场了。剧场前厅回荡着 J 表演欲十足的泣血痛陈:"你为什么要这样对我?!""你觉得你这样对得起一部伟大的作品吗?!"因堵车而迟到的部分观众果断放弃尽早进场看戏,装作不经意地散落在四周旁观这场貌似捉奸负心郎的现场表演。当他们发现这不过是导演擅自改了编剧的剧本引发的血案便纷纷散开了。"多大点事儿呢,哪有不改戏的导演,真是的。"

此时此刻,我像个傻子一样坐在台下,对这一切感到很无力。如果我不是这部戏的制作人,或许还是能够感受到些许快乐吧。毕竟,我身边的观众们可都在笑呢。

扮 演

她正面朝下趴在按摩床上，全神贯注地扮演着一个时刻逆来顺受、无论身体抑或心灵有再大伤痛也要沉默忍耐的人。按摩师的手指按压着腰椎两侧硬度赛过大理石的劳损的肌肉，她牢牢咬紧牙关用力憋紧嘴唇，誓死要将所有没出息的呻吟都闷死在喉咙深处。旁边房间里其他客人的呻吟尖叫声此起彼伏，她在内心默默赞赏自己的隐忍，看来这一轮扮演还是相当成功的。深入角色内心的秘诀是，她不断在腰肌痛到几近晕厥时提醒自己，怎样的痛才痛得过心灵受伤之痛呢？相比之下这点皮肉之痛算什么！

进入按摩院之前,她扮演的是一个在不公正的爱情关系里无故遭受不白之冤,被爱人深深误解无可挽回乃至遭到抛弃的人。她不得不独自坐在身旁仍散发着爱人屁股余温的空座椅上,眼角挂着冰冷的泪珠,自己享用完一碗辣得让嗓子开花的热干面。扮演这个人物的难度系数较高,毕竟从大学毕业以后迄今为止七八年来还没有再谈过恋爱。不过没关系,作为体验派的勤奋学习者,她能够通过努力释放自己的感受和想象力来解决这些经验的问题。她一边喘着粗气艰难地咽下挂满了辣子的面条,一边对自己说,不管他是不是真的不要你了,你都要把自己喂饱喂好,因为你也值得得到很好的照顾啊。

走进热干面馆之前,她扮演的是一个将生命中绝大多数个人时间投注于健身事业的开朗的肥胖症患者。尽管她只有47公斤,但这并不能妨碍她扮演一个147公斤的肥仔,想象力的能量和表演的激情能够驱使肾上腺素加速分泌，帮助她举起30公斤的杠铃。我是个胖子，但我绝对不会绝望！终有一日我要瘦到让你们所有人叹为观止！她望着镜子里瘦削的人影，握紧双拳给自己打气。

去健身房之前，她扮演的是一个在公司里八面玲珑如鱼得水，跟上至董事长下至清洁工都有成吨的话可聊，树敌不多未来大好的精致白领。每天朝九晚五不时加班演出的节目是哎呀我好忙哎呀我的工作好重要哎呀公司离开我简直运转不下去。和其他临时角色不同的是，这个角色参演的是一部长篇连续剧，不是即兴短剧，因此需要持续接得上戏，不能有太多不符合角色设定的超纲发挥。不过还好，对于有社交恐惧症的她来说，演出完每日戏份已经足够疲惫了，精力上没有太多超纲发挥的余地。

曾经她对此感到厌倦甚至反感，一部连续剧演上几年十几年，怎么着也会感到素材库空虚，自我重复吧。不过很快地她主动扭转了思维。有限制，才能强迫你发挥创造力啊同志们。就好像没有监狱做对比，哪能显得自由分外美好，没有雾霾天做映衬，哪能让人对蓝天格外感恩呢。更何况，在长篇连续剧之外，这不是还有诸多即兴短剧可以调节情趣，释放天性嘛。

通过不断扮演各种角色，她获得了所谓"生活"的真正乐趣。自己体内和颅内深埋着无尽宝矿，她不断在其中掘出悄无声息隐藏起来的各式各样的人格，抖去陈年累积的尘土，焕发出新的色彩。她同情所有尚未发觉这种真正乐趣所在的可怜人类。今时今日的世界上，哪里还有什么真实的生活啊，就算有，那种生活里哪还有什么激动人心的内容存在啊。所谓生活的真谛，只在于全身心投入地去扮演好角色罢了。

纸上导演

作为一位优秀的纸上导演,她能够将导演工作的全部内容在纸上完美地呈现出来。写作比剧本长度多三四倍的详尽剧情阐释,为每一个出场人物创作细致到上下三代的人物小传,画出舞台上全部涉及的道具、灯光、舞美设计图,甚至写好舞台调度路线。她能够在纸上完成这一切工作,就是不愿亲自把戏导出来。钱啊时间啊机遇啊,这些理由都只能拿来搪塞他人。对她来说,唯有一个原因是致命的。她清楚地知道,舞台上只有一个真实,那就是无论导演的构思如何精确审慎,实际情况都只会是对完美设计的粉碎性破坏。于是她甘于成为一名纸上导演,在纸面那白色海洋般没有边际的点与线与墨的缠斗中，享受永不被破坏的完美规划的幸福。

发疯的火星

人们正在发疯。眼下关键的问题是,如何能让他们疯得更慢一点呢?

当火星探索仍处于勘察阶段时,遴选少数能够忍耐寂寞神经强健的航天精英自然不是难事。然而发展到驻地开发阶段,从事不同行业、工种的人员大量进驻火星基地,比狂烈席卷的火星沙尘暴更严重的问题浮现在眼前了。大家逐渐发现,一个人的精神稳定,完全成了比其专业技能更可贵的品质。一个蹩脚的工程师顶多毁掉驻地某辆工程车,然而一个发疯的工程师,却分分钟能把整个驻地炸进银河系。维护火星驻地工作人员的精神健康，成为保证火星开发的事业基石。

一支由记者、编剧、作家组成的精神维护小组被火速派往驻地开展工作。他们主要的工作内容是审核所有从地球传来的信息，根据每一位驻地人员的性格和承压能力对信息进行整合及编辑，再以某种更"恰当的"方式把信息传达给对应人员。这支特殊的队伍被称为"精维人员"。

说起来虽然简单，可精维人员的工作却一点都不简单，难度堪比潜伏任务。他们以各种掩护身份被秘密派往驻地，日常也像其他工程师程序员航天员一样游荡在基地里，看起来忙忙碌碌，实际上他们真正的任务是默默观察每一个驻地工作人员。谁性格暴烈谁羞涩内敛，谁家有正值青春期的孩子谁老妈长期住院，谁喜欢四处打情骂俏谁每天干完活就把自己关起来，这些都是他们的观察对象。主持精维工作的领导对自己的判断非常满意：唯有真正了解你的读者，才能创作出更优秀的作品啊。

每一天所有火星驻地工作人员都能通过自己的信息接收器收到来自地球的新闻和消息。只有非常少的一部分人知道这些讯息全部经由精维人员重新编辑后，按照每个人的实际情况进行推送。堪称是一对一的高端定制服务。工程师老张的小儿子自己退学了，孩子认为在学校里压根学不到自己感兴趣的知识，他报名参加了土星勘探队，准备睡冷冻仓去荒无人烟的土星大展宏图。最近老张常收到关于土星开发的信息，新闻称土星才是人类文明的未来，是比火星更有前途的智慧之地。基因组王阿姨的家乡上周彻底没入了海平面之下，整个城市变成了大型海底世界。王阿姨马上收到几条关于沿海老城区将建设海底旅行线路，大力发展海下旅游事业的讯息。医学组小李的未婚妻总算他们经常比一些缺乏责任心的演员还要有耐心。无论遇到怎样冗长拖沓的戏，他们也绝不会中途退场，不会掏出手机在黑暗的剧场中发出幽幽的亮光打发时间，更不会轻易交谈走动。他们甚至很少走神。如果你非得想在演出期间认出他们，一个通常准确的判断方法是，仔细聆听。他们中的大多数都会在观看期间发出轻微的"嗤嗤"声。这些声音的爆发点难以捉摸，有时是在某个演员嗓子劈了时，有时是在剧情发展到高潮时，有时是在台词正浓情蜜意时。如果你耳朵够尖，是不会错过这些"嗤嗤"声的，因为这声音总是会在剧场中一片安静时响起，而不会是在所有人都笑起来或鼓掌时响起。

当一场演出结束，灯光灭掉后片刻随着掌声阵阵亮起时，这些艺术家才终于第一次坐直了腰板，扶正了眼镜，发出能够照亮前方一排座椅的亮光。经过一小时到

结婚了，可惜走进婚礼大堂的不是天上的小李而是地上的小陈。小李的信息接收器不断向他推送进入人类文明新纪元婚姻制度已是明日黄花的文章，时不时还收到火星驻地单身派对大联欢的活动信息。

眼瞅着局面一片大好，精维工作进展平稳，新的问题却出现了。人们发现，精维人员自己开始发疯了。某日一大早，随着悠扬的起床音乐响起，渐渐苏醒的整个驻地在短短五分钟内陷入一片大混乱之中。每个人一开启自己的信息接收器，迎面第一条信息就是一个简短得不能再简短的短句。"你妈三个月前就死了。""你们家老狗掉进海里失踪了。""你妹妹欠了赌场高利贷，现在不知去向了。""你们家牧场的基因改造失败，现在绵羊生出来的都是猴子了。"

人们撕扯着自己的头发大喊大叫，靠着床头痛哭流涕，拍着钢铁墙壁高声咒骂，整个驻地犹如发疯的变奏曲，噪

音直冲火星云霄。驻地负责人的办公室外被希望申请立刻结束工作任期返回地球的工作人员围得水泄不通,可不管大家怎么捶门负责人就是不为所动。把自己关在办公室里的负责人也有烦心事儿,他盯着接收器上那个句子——"你女儿跟她女朋友私奔了"——拿不定主意自己是该先向自己申请一下回地球去找女儿,还是先把眼前驻地的混乱解决一下。

这场闹剧直到三天后才渐渐平息下来。令人感到幸运的是,这三天的混乱没有把驻地炸进太空,只造成了工作瘫痪和部分仪器损坏的可控损失。可谓不幸中的大幸。

经过认真反思、检讨及复盘,大家得出结论,虽然精维的工作可行有效,然而所有人都忽略了一个问题:这些调来从事精维工作的记者、编剧和作家们,才是精神最最不稳定的群体啊。

演后谈艺术家

如果你看过足够多的戏剧,并且侥幸没有耐心,在演出结束后坚持留下来参与主创便会有幸结识到"演后谈艺术家"这一特的穿着打扮和外貌与普通观众并无两样神状态也与其他人同样稳定,因此企别出他们的难度非常之高,除非对方的高段位演后谈艺术家,这样你将

就像刚刚已经铺垫过的,这之中,抱着百分之二百的耐心

三四小时不等的漫长忍耐，总算是轮到他们登场的时刻了！麦克风在观众席中间传递，主创人员坐在已经彻底沦为布景的舞台上急切地等待听到来自观众的由衷赞赏，而当这些演后谈艺术家接过话筒后，所有人的这个美好的夜晚就将暂且告一段落了。

这时候你就可以轻松地、迅速地辨认出他们了。因为绝大多数普通观众会以"我有个问题/疑问"作为叙述的开始，而他们的第一句话则通常是"我来谈谈我的一点小看法"。这段"小看法"基本上需要进行十到三十分钟不等，视台上的主创人员是否有足够的胆魄和决心来打断他们的发言而决定。剧场界新手总是被吓到，他们会惊讶地发觉，世界上竟有那么多艺术家沉默藏匿在茫茫人海中，不仅个个自认身怀绝技，且绝对愿意倾囊相授毫无保留。

演后谈艺术家们大多数在导演或编剧方面有其深刻的

见地，他们中偶尔也会出现少数能够同时掌握导演及编剧技术的能力强大者。他们乐于谆谆教导，跟主创从斯坦尼斯拉夫斯基表演体系开始讲起，结合布莱希特的"陌生化效果"和"间离方法"，一路叙述到梅兰芳的写意式表演。当然引述这些大师的目的是为了向主创们讲解为什么你们的戏跟大师们的边边儿都不靠，这样下去可怎么行。"第四堵墙"、"释放天性"和"三一律"都是他们常挂在嘴边的词儿，"美国的萝卜特·喂而逊导演"和"日本的零木宗旨先生"是他们最爱举为例子的活人，但着起急来，萝卜特导演的戏演完了也得狠骂几嗓子。指出演员某句台词说拌嘴了是他们最大的乐趣，要是能抓住一段编剧编排得不顺当的剧情或是点出一处导演没处理好的走位则是整晚属于他们的高光时刻。

当然，这些情况对于剧场老手们来说早已成为演出中不可分割的一部分，简直可以说是令人期待。在新手们站在舞台上对着演后谈艺术家们点头哈腰道歉，觉得自己真是辱没了祖师爷门楣的时候，老手们早已经用每场演出招引来多少演后谈艺术家作为相互攀比的必备要件。炫耀这个戏的预算有多高票房有多少，切，早就过时了！看看演后谈阶段出现了多少厉害的艺术家才是正经事。"昨天有艺术家在我的演后谈上念了一整页拜伦的诗。""这算个屁，上次我演出完事儿，有个艺术家指着我鼻子问你到底是不是戏剧学院毕业的你有什么资格写剧本儿。""嘻，你们这都不算啥，前几天有个艺术家演出结束后直接跑舞台上把戏里男主角的主打歌从头到尾唱了一遍，拦都拦不住，非要给我们做个示范。"

同样，也只有剧场新手们才会发出像"既然你们觉得自己这么能耐，为什么你们自己不去排戏呢"这样的质问。

老手们则早就领悟了这门"演后谈艺术"的真谛。那就是,这门艺术必须只"谈"不做,且时间场所为"演后"而不能是其他,否则,还算得上是合格的"演后谈艺术"吗?

　　好了,现在你已经了解了关于演后谈艺术家的大部分知识了。接下来是成为一名合格的演后谈艺术家,还是成为一名合格的剧场老手,就看你自己的了。

"标准化"

如果说人的大脑是一台无数细密齿轮环环相咬永不休止的精密仪器,那么他的这台精密仪器在第一次看到出现在舞台上的演员 Z 小姐时就发生了严重的宕机事故。有 33.33% 的齿轮不可思议地凝固住了五秒钟以上,齿轮与齿轮大面积无法咬合,导致整台仪器出现连锁反应,升温发热啸叫出声。

Z 小姐就这样通过作用于他的大脑而作用于他的整个身体。

世界上怎么会真有像 Z 小姐这样的人呢。她眉间微微一蹙,玛莎的忧郁就浮上她的眼眶;她曲线滑润的下巴轻轻一挑,妮娜的坚韧便罩住她的脸庞;她口中蹦出连串笑声,郎涅夫斯卡娅的轻浮就爬上她的小腿;她白皙的手指紧握成拳,索尼娅的隐忍便拢住她的双肩。Z小姐仿佛时刻踩着契诃夫的剧本书页在舞台上跳动,每个手势都抖搂出文本的光芒,每次步伐都精准地踏中人物的要害。

相比起Z小姐充满魅力的漂亮脸庞,倒是她在表演中透出来的这些灵气更能令身为作家的他神魂颠倒。最精彩的是,尽管Z小姐完美融合了契诃夫剧中各式各样女主角的特点和品质,却又同时是平实可触摸的,而非远在纸间天边。她是那样特别,如珍珠抛入沙滩般无法掩盖自身的华美。

当他大脑中的齿轮再次一一顺利咬合转动起来之后,不必经大脑指挥,他的身体就已经知道,Z小姐便是他在世界上最值得爱慕追求的人。他通过自己在戏剧界结识的朋友，经过一些不大不小的周转波折，总算是成功得到了与Z小姐同赴下午茶乃至共进晚餐的机会。

对于契诃夫的共同热爱是他们杯盏碰撞间永恒的主题，Z小姐的唇齿相触眼波流转则成为他大脑仪器的最佳润滑剂，促使他每每能在席间妙语连珠，引得美人笑声不断。他似乎并不需要做出努力便能驱动自己对Z小姐进行狂热的追求，时间、金钱和注意力的倾囊付出不在话下，即使Z小姐总是处于若即若离的暧昧态度中，也不会给他增添任何烦恼。毕竟，只是坐在Z小姐的对面看着她天气般风云变幻的表情，就已经是人间最美满的享受啊。

一日他被友人拉去观看一部新上演的话剧，演出开始后不到十分钟，他的大脑便再次发生了宕机事故。这次却不是因为惊叹与爱慕，而是由于不解和愤怒。舞台上那个深情投入的女演员，竟然与自己的女神 Z 小姐宛如一母同胎生出来的一般。这个可恶的模仿者不仅将 Z 小姐的神态和身姿模仿得分毫不差，甚至连 Z 小姐说话的节奏、发音方法、腔调、气质举止都一一模仿了去，若不是模仿者的声线与 Z 小姐有微妙差别，他简直要认为台上站着的正是自己所狂热爱慕着的 Z 小姐本人了。

简直是太可怕了，以及可恶！他脑中的齿轮剧烈摩擦尖叫，撞碰出的火星子顺着他的鼻腔喷射出来。他尽力按捺着内心的怒火，汗流浃背地忍受完话剧剩余的八十分钟，甫一落幕便如离弦之箭奔向后台去与那低劣的模仿者理论。模仿者被这个猛冲到自己面前进行严厉斥责的奇怪男人吓了一跳。

"演员的表演风格就像作家的写作风格一样，都是指纹一样独特的啊，你这样模仿 Z 小姐的表演，与无耻地剽窃有何区别!"男人的口水几乎要变成喷雾器,湿润整个后台化妆间。模仿者倒慢慢由吃惊而冷静下来,脸上浮起了淡淡的冷笑。

"我可不认识什么Z小姐,也从来没看过她的演出。你倒是可以去问问她,是不是也是从××戏剧学院毕业的。"可恶的模仿者冲他冷淡地抛出这么两句话便"砰"一声甩上了化妆间的门。

这话是什么意思?

这话是什么意思?他呆住了。脑中精密仪器激烈运转的齿轮被浇了一盆沁凉的水,蒸汽瞬间腾满了整个颅腔。难道。她难道。她难道是想暗示我,所有这些经过科班训练出来的女演员,都是一样的?她难道是想暗示我,我所狂热迷恋的,并不是独一无二世间仅有的Z小姐,而是他们无聊的学院标准化训练出的格式化产品?难道难道难道,她难道难道,她难道。

颅腔里的雾气使他看不清路,他只得扶着墙壁等待雾气散尽。等到他终于可以走路了,他想明白了一个道理。能证明这个可怕的推论是否成立的唯一方法,就是去把从这家戏剧学院里毕业的所有女演员的戏都给看一遍。然而证明此事的意义何在呢?似乎就跟他之前毫无缘由的狂热同样无意义。

不,应该说,至少证明了他对"标准化"的口味吧。

无关的世界

契诃夫曾在写给友人的一封信中提到,如果第一幕中你在舞台上放了一把枪,那么第三幕,这把枪一定要开火,否则它就不该出现。果戈理的理念则是,他会写到大量次要人物,这些次要人物不为了具体铺垫任何事,此后他们也再也不会出现。契诃夫的枪向我们指出了万物相联的重要性,作家笔下不该产生任何不够重要的事物,每一件物品每一句台词都应当指向深广过它们自身的含义,发挥超越其自身功能的作用,在简单的表象和语言下勾缠着内核复杂混沌却揭示明确的某种真相。果戈理的次要人物则展开另一种可能性,这些一闪而过的次要人物构成了宛如真实世界般的噪声氛围,他们莫名其妙地来了又莫名其妙地走,看起来并未对核心人物的生活产生任何影响,这意味着"一切都未发生"。那么作为文学教授的 N 先生到底如何看待这两种理念和创作之间的区别呢？N 先生倾向于认为纳博科夫是对的。N 先生通过深入研究纳博科夫,逐渐坚定地确认果戈里的写作才是一种更高级的写作。次要人物才是世界的真实,一切都未发生才是人类的宿命。为了证明自己判断的正确性,N 先生决定应用这个理论,创作一部没有核心人物,只有次要人物的长篇小说。这部小说将充满一闪而过的次要人物,他们绝不会再次出现,不会影响彼此,不会发生联结,不会做出任何有意义的举动,不会推动事件,在小说里一切都不重要,一切都未发生。他将用这部小说来验证自己的理论。既然做,就要做到极致,他不断地这样给自己鼓劲。他知道自己正在啃一根硬骨头，在平地里创造出一个"无关的世界"来。在这个无关的世界里，所有的细节和人物都不重要又同时重要，所有的事件都不在发生同时又在发生。他必须慎重地选择每一个次要人物，为他们安排好出场的原因和退场的时机，这些原因和时机必须是毫无理由但同时又绝对有理由的。N先生相信，等自己写出这部小说以后，很多事情都将被一劳永逸地证明。N先生就这样一点点沉陷进这个他创造出的无关的世界中，架设着一个又一个流星般闪动的无关的人物，小心翼翼地编织着他们彼此错开永不相交的路线，为了在那个最终什么都没有发生的世界里，寻找到毫不重要的意义。所有人都在祝福他最终成功。

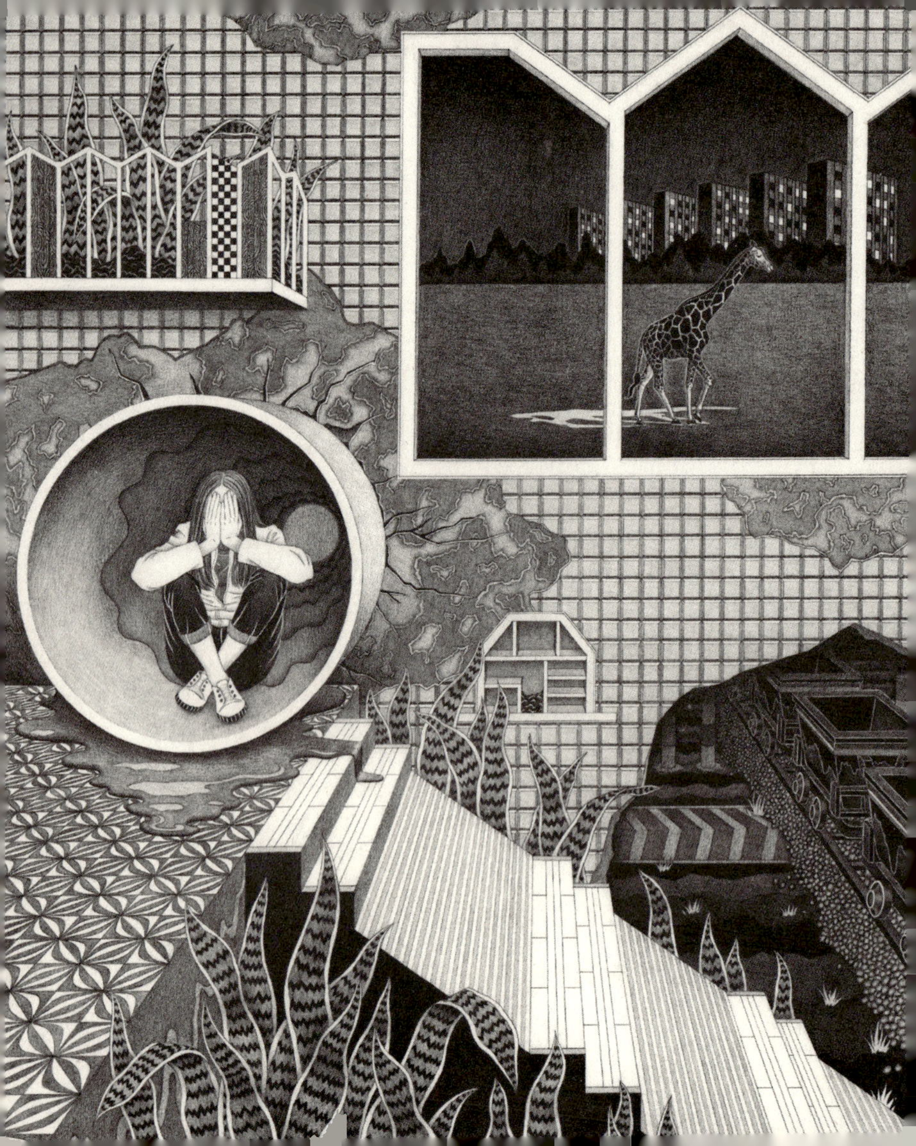

境界的难题

作为一位品位不俗的戏剧爱好者，他喜欢在感情关系发展到特定阶段以后，带上女朋友一起去看话剧。像他这样一个热爱戏剧并将戏剧看作生活极为重要组成部分的人，另一半是否能与他分享这一快乐，对他来说是个至关重要的问题。找个人凑合过日子是生活和精神都严重匮乏的上几代人糊弄人生的法子，他可绝对不想糊弄过去就算了。

因此，每当感情进展到他认为可以继续深入时，他便会带上对方去看一出他精心挑选的戏剧。他要精心挑选，因为对于一场考试来说，作为主考官的他不能偏颇，出难题怪题。他需要始终保持公正公平。他挑选的戏,不能太传统老套,那样会妨碍考生发挥,点评不出新鲜东西来,也不能太过先锋,那样会给考生太大的挑战,毕竟很多先锋戏剧就连专业剧评家也会感到语塞不知该作何评价。

尽管他已经一再放松了考核的标准,然而一次又一次,他的考察对象不断无情打击着他的期待。她们不是在不该笑的地方大声哄笑,就是在低级煽情的桥段抽泣抹泪,她们永远抓不住演员最闪光的表现,也总是无法理解导演高超的舞台调度技巧。还有一些人,整场演出期间都还算表现平稳,几乎不犯要命错误,却在走出剧场后仅能用"还不错""挺好的"这样匮乏到解放前的文盲词汇来总结自己的感受,似乎刚才发生在她们面前的精彩演出跟打开电视机看到的联欢节目并没有任何区别。

他悲伤而恐惧地意识到,前人们在择偶问题上抱持着

"差不多得了"的态度,恐怕是因为不放低标准就将面临孤独终老的结局。就在他心志如浮萍般动摇,准备随便糊弄一下人生算了时,她出现了。

一切都是那么完美。她的表现简直是超出想象的。他从未想过自己居然有一天能够遇见这样一个人。他们辗转在城市里大大小小的剧场中,看了一场又一场戏,她不仅在每一处情绪起伏上都能达到跟他同步,发出恰到好处的赞叹和讽刺,还能在戏结束后跟他进行非常深入的讨论。甚至,她偶尔能够发现一些连他自己都没有留意到的细节和没有想到的独特见解。

幸福如铺天盖地的粉红色烟雾一样终日在他身边缭绕,世间万物看上去都是粉红而迷蒙变形的。自己终于找到了那个命定的她。他开始筹划起求婚计划,构思婚房装修方案和策划婚礼了。求婚应该在某一场戏结束后的剧场大厅里，婚礼应该在一家温馨别致的小剧场里举行，这样才配得上他们两个人。

可此时，她却提出了分手。他震惊了，在精神濒临崩溃后不停追问原因。不想被纠缠的她无奈坦白了自己的困扰："我们对于戏剧的理解，实在有太多不同了。原本我也想忍耐，可反复思量，还是感到如此欺骗自己，这样的婚姻绝对是长久不了的。我们还是尽早分开的好。"原来，她竟是一个隐藏着的后现代抽象戏剧死忠，之前都是碍于面子，尽量顺着他的喜好去看戏和聊天。"你的审美，怎么说呢……真的太古旧了。我想你永远无法理解我。大家好聚好散。"她说完便飘然消失在他的视线中。

几天以后，他总算从五雷轰顶的痛苦中缓和过来。他对朋友说，真是不该痛苦，而该庆幸啊，幸亏她暴露得早！像他这样品味端正、审美高级的正路子戏剧爱好者，怎么可能长期忍受跟一个品味如此低俗混乱的后现代戏剧爱好者生活在一起呢？真是不是一家人，不进一家门，大家境界不同，难题永远无法调和。无法想象之前她竟然为了骗取他的好感而伪装看懂了那些他喜欢的戏！都是后现代惹的祸！简直是可怕！

  他安慰自己，对自己来说这不是损失，这是幸运。好在自己没有上当。

捍 卫

作为一位对于自己写下的每个字每个词都极其谨慎以至于达到了强迫症状态的作家,他再也无法忍受他那些心急、无礼,甚至堪称粗鲁的读者的残忍虐待了。日复一日,他辛苦劳作殚精竭虑谋篇布局,为每个字眼抛光打亮,为每个段落比较权衡,只希求自己的作品像一条沿途有无数美景的曲径徐徐铺展在读者面前,引领着他们步入繁复如迷宫的智力之美深处。

然而读者们是如何回报他的呢?他们会大幅跳跃过精心布局好的中间部分,只看过小说的开头便急匆匆地冲向结尾。他们会一目十行地闪过那些充满迷人细节的铺垫性描写，只挑选有对话和具有行动性的段落一看了之。他们会把观看网络视频使用二倍速的经验套用在阅读里，哗啦哗啦地飞速翻动书页，获得一种"此书已读过"的虚假满足感。更有甚者，他们中还有些人掌握了相当卓越的文字识别能力，能够迅速找到一本书里最令他们感兴趣的部分（通常涉及性描写），一头扎进去摄取个干净后就将书丢到一边。

到底该怎么做，才能让他的读者们愿意静下心来一个字一个字按顺序读完整部作品呢？他陷入了痛苦的思索当中。善意的同行劝慰他想开些，说着一些"作品出版了就属于全人类，跟你并无太大关联了"这样的鬼话。他无法认可这样的想法。每当合上双眼，那些由他创造而生却受到严重忽视和虐待的字词段落便轮番出现在他眼前哭诉讨伐。难以安眠的长夜里，他认定必须要采取行动，来捍卫自己理想中的文学之径。

经过几个月的奋战，他拿出了第一项反击的武器。这是一本使用了最新热敏按压感应技术的书，读者每读完一段，都需要用力按压纸页才会出现下一段。压的速度太快，系统会自动判定是误操作，文字不会出现；压动的温度过低，系统会判定不是人手动操作而是机器操作，文字也不会出现。尽管这本书的制作耗时费力，且成本高昂，但他还是得意了好一阵子，认为自己发明出了人类阅读史上里程碑式的产品。直到他发现此书推出后更加没人真的在阅读了，都是把它作为高科技玩具买来送人或炫耀，他才心痛地宣布了它的失败。

他没有为这次不成功的尝试失落太久。在追求真理的道路上，怎么可能会有一蹴而就这样的便宜事呢。很快他又陆续研发出一系列其他产品：在书页上安置了微型眼球追踪器，能够准确捕捉读者眼球滑动的方向及速度并判定是否允许翻页的书；翻页太快会直接锁定后续页数的书；每个章节阅读结束后会出现一张关于本章节内容的问卷，需要读者在答对所有问题后才能打开下一章的书……

随着一项又一项产品的推出，流传于坊间那些关于他精神出现巨大障碍的流言已经渐渐消退。现在大多数人普遍认可的一种理论是，他这是在进行一场了不起的行为艺术，以此来唤醒世间读者对作者创作的尊重。同行们的嘲讽和质疑则始终暗中涌动着，宣称"只要自己的作品足够吸引人就根本不会被读者跳过忽略"的说法就像宣称"他的技术对读者造成的压迫根本就是文学法西斯行为"的说法一样多。

在流言和嘲讽彻底消退之前，他倒是先于这一切消隐不见了。人们还需要更多的时间才会在某次猛醒时发觉已经太久没有听到过他的消息。有人说,他通过发明那些乱七八糟的东西赚到的专利费已经比出书赚到的钱多了几千倍,早已卷上家财到某个太平洋小岛上去过神仙日子了。有人说,经此一役,他的写作热望彻底幻灭,砸烂了所有发明,烧光了所有的书,躲到南方某个小城去安心生活了。

还有人说,以上所有传言都是假的,实际上他已经找到了彻底解决自己心病的办法。他现在除了独自在家写作以外,唯一会出现的地方就是某家客流稀疏的小书店。他将自己发表作品的唯一方式限定为,在这家小书店里当众朗读自己的作品。可想而知,他永远不会念得太快,以防读者错过任何重要信息,也不会念得太慢,影响情节推进的节奏。他的读者们,没法在他脑门上安装快进键,只得安心地坐在一旁听他用自己的声音清晰读出一个个字与词,跟随他一起不紧不慢地走在那条他苦心垒好的风景多变的小径上。

"想象终止，便是我的终止。"

一页 folio

始于一页,抵达世界
Humanities · History · Literature · Arts

出品人　范新
监制策划　恰恰
特约编辑　苏骏
营销编辑　张延
版权总监　吴攀君
印制总监　刘玲玲
装帧设计　山川
内文制作　陆靓

Folio (Beijing) Culture & Media Co., Ltd.
Bldg. 16-B, Jingyuan Art Center,
Chaoyang, Beijing, China 100124

官方微博:@一页 folio ｜ 官方豆瓣:一页 ｜ 联系我们:zy@foliobook.com.cn

一页 folio
微信公众号

图书在版编目（CIP）数据

体内火焰 / 陈思安著. -- 北京：当代世界出版社，2021.7
（2021.10 重印）

ISBN 978-7-5090-1611-4

Ⅰ.①体… Ⅱ.①陈… Ⅲ.①短篇小说－小说集－中国－当代 Ⅳ.① I247.7

中国版本图书馆 CIP 数据核字（2021）第 094698 号

书　　名：	体内火焰
出版发行：	当代世界出版社
地　　址：	北京市东城区地安门东大街 70-9 号
网　　址：	http://www.worldpress.org.cn
邮　　箱：	ddsjchubanshe@163.com
编务电话：	(010) 83907528
发行电话：	(010) 83908410
经　　销：	新华书店
印　　刷：	北京中科印刷有限公司
开　　本：	787 毫米 ×1092 毫米 1/32
印　　张：	8.875
字　　数：	99 千字
版　　次：	2021 年 7 月第 1 版
印　　次：	2021 年 10 月第 3 次
书　　号：	978-7-5090-1611-4
定　　价：	49.80 元

如发现印装质量问题，请与承厂联系调换。
版权所有，翻印必究；未经许可不得转载！